AF393902

Jon et Hardy

Flora Lalix

Jon et Hardy

Fantastique

© 2023 Flora Lalix
Édition : BoD – Books on Demand, info@bod.fr
Impression : BoD – Books on Demand, In de Tarpen
42, Norderstedt (Allemagne)
Impression à la demande
Illustration : Flora Lalix

ISBN : 978-2-3223-7612-4
Dépôt légal : Avril 2023

À ma grand-mère Alice qui me racontait tant d'histoires.

Carte de l'Europe de Hardy

1.
Naissance de Jon

Amériga, Ville de Livingstone.

En Amériga, dans la petite ville de Livingston, Aiguebelle était une future maman angoissée. Elle allait se mettre au piano lorsqu'elle sentit le premier liquide de son accouchement couler entre ses jambes. Elle sut que le moment était venu de partir vers le lieu qu'elle avait choisi. Sans perdre une seconde, elle rajouta des gâteaux et une bouteille d'eau dans le sac qu'elle avait préparé. Ensuite, elle se sécha, se changea et mit une tenue sombre passe-partout moins voyante que sa tenue habituelle de musicienne douée et célèbre. Elle prit les billets de train et de bus qu'elle avait mis de côté et partit pour la gare.

C'était une course contre la montre car elle n'allait pas à la maternité. Pour sauver son enfant, elle devait arriver près de chez sa tante Lini avant la naissance du bébé, sans alerter quiconque. Pour l'instant, elle avait juste un peu mal au ventre à cause des contractions. Mais après deux heures de trajet, dieu sait dans quel état elle serait.

Elle n'avait prévenu personne de son projet d'accoucher dans la grande forêt. En fait, son violeur l'avait bien prévenue.

— Je saurai quand tu accoucheras et je tuerai ton bébé, lui avait-il dit.

Elle voulait empêcher cela. C'est pour cela qu'elle voulait accoucher en forêt.

À la gare d'arrivée, elle courut pour attraper son bus.

Après une demi-heure de route, elle descendit à la lisière de la forêt. Le bébé était presque là. Elle le sentait qui approchait de la sortie. Elle pouvait sentir la tête du bébé dans son entrejambe. Elle était encore à huit kilomètres de chez sa tante et à dix kilomètres de l'endroit préparé avec la vieille dame pour accoucher. Mais, il semblait que le bébé n'allait pas attendre plus longtemps.

— J'aurais dû choisir un endroit plus près, se dit-elle.

Elle repéra un taillis touffu sous lequel on pouvait ramper. Elle se dit que l'endroit en valait bien un autre et s'y glissa. Le bébé vint tout de suite. Alors qu'elle coupait le cordon avec ses dents, son violeur arriva comme il l'avait dit. Elle essaya de s'enfuir ; mais trop affaiblie par son accouchement, il la rattrapa bien vite. Alors qu'elle se débattait, il réussit à trancher la gorge du bébé. Il jeta le bébé dans un buisson et partit sans un mot. Trop terrifiée pour regarder son petit qui gisait non loin de là, Aiguebelle s'enfuit chez sa tante.

Pendant qu'Aiguebelle était prostrée, une louve la regardait depuis les ombres de la forêt. Pas par faim, ni par vengeance, c'était la curiosité qui la poussait à regarder la femme. Dix jours auparavant, le même homme avait aussi tué son petit. Elle n'avait pas compris pourquoi. Lorsqu'elle avait vu repasser cet homme, elle l'avait suivi. Il avait également tué le petit de la femme sans raison.

— Les hommes sont fous ! songeait la louve.

La femme ne comprenait pas non plus pourquoi l'homme avait fait cela car elle-aussi était très triste.

La louve allait s'en aller lorsque les derniers morceaux de chairs et de sang qui venaient avec les petits des femmes ou des louves descendirent entre les jambes de la femme. Aiguebelle saisit cette délivrance et la lança rageusement le plus loin possible. La louve n'avait pas mangé depuis que son petit était mort. Oubliant sa peur naturelle des humains, elle se précipita sur cette aubaine et se mit à dévorer la délivrance. Prise de peur, Aiguebelle s'enfuit.

La louve s'approcha ensuite du petit dans l'intention de le dévorer lui aussi. Elle s'aperçut alors qu'il était toujours vivant. Dans son esprit, elle l'identifia au petit qu'elle avait perdu si récemment et, sans savoir pourquoi, elle se mit à lécher sa plaie au cou comme elle l'aurait fait avec son louveteau. Elle avait les mamelles gonflées suite à sa récente mise bas. Elles frôlèrent le bébé qui se mit à en téter une. Soulagée de la tension dans cette mamelle, Louve le laissa faire. Avant qu'elle puisse lui donner une autre mamelle, le bébé, repu, s'endormit. Inexplicablement heureuse, la louve partit chasser une autre proie.

Quelques mois auparavant, la meute de cette louve était tombée dans un piège destiné à des humains. Elle était la seule survivante et elle avait des difficultés pour chasser sans sa meute. La solitude n'est pas un état naturel pour un loup, en particulier pour la chasse. Accablée de chagrin, la louve revint souvent vers le bébé humain. Elle lui léchait le cou et lui donnait une de ses mamelles à téter. Peu à peu, elle se prit d'affection pour ce petit un peu bizarre et la plaie au cou du bébé guérit.

L'hiver approchait. Elle décida un jour de se creuser un terrier dans le talus près du petit humain. Ensuite il ne lui resta qu'à le pousser dedans et à se coucher près de lui pour lui tenir chaud dans sa tanière d'hiver.

Et c'est ainsi que le bébé qu'on allait appeler Jon survécut à ses premiers mois parmi les dangers de la grande forêt amérigaine.

2.
Les envahisseurs

Europe, Centre de Germagne puis France,
Quelques années après la naissance de Jon

— A partir de maintenant, je peux me déconnecter, pensa Hardy avec soulagement en supprimant l'accès internet de son téléphone. Ce weekend en France dans la propriété familiale de Mireval, je l'attendais depuis longtemps. Je vais bosser la stratégie pour mes examens à l'école militaire. En bonus, je pourrai galoper sur Bucéphale. Et personne pour me dire que j'ai autre chose à faire.

Il continua ainsi à rêver avec délectation.

— Tiens ! C'est bizarre, il n'y a pas beaucoup de monde dans le train, réalisa-t-il soudain.

Il fut tenté de rallumer son téléphone pour consulter les actualités, puis il se morigéna en se disant d'en profiter au lieu de s'inquiéter.

A la gare de Mireval, son chauffeur l'attendait comme convenu.

— Je n'étais pas sûr que vous viendriez avec ce qui se passe, lui dit-il en s'installant dans la limousine.

— Qu'est-ce qui se passe ?

— Vous n'êtes pas au courant ? Les extraterrestres approchent !

— Les extraterrestres ? Les scientifiques sont vraiment sûrs que ce sont des extraterrestres ?

— Oui, répondit le chauffeur, et ils se dirigent vers la Terre.

Le téléphone de Hardy sonna : c'était le duc, son père, le duc de Kaily en Brittanie.

— Surtout tu restes en France, exigea-t-il. Tenons-nous loin l'un de l'autre pour être sûrs qu'au moins l'un de nous survive à ce qui se prépare. J'ai fait mon temps, alors j'espère que ce sera toi.

— Est-ce bien nécessaire d'être aussi dramatique ? tempéra Hardy.

— Il faut toujours prévoir, s'agaça le duc.

À ce moment, Hardy entendit un énorme grondement sur la ligne qui coupa.

Vingt minutes plus tard, la radio interrompit son programme.

— Nous informons nos auditeurs qu'une bombe atomique a explosé au sud de la Brittanie.

Suivaient une longue liste de recommandations pour se protéger de la radioactivité.

Hardy reçut un grand coup, comme si quelqu'un l'avait boxé dans le ventre de toutes ses forces. Pour ce week-end en France, il s'était volontairement déconnecté et il n'avait pas suivi l'approche du vaisseau suspect depuis le moment où ce n'était qu'un astéroïde bizarre comme les télescopes terriens en détectaient régulièrement.

Pendant ce temps, le vaisseau extraterrestre Bijizé décélérait et entamait sa phase d'approche de la nouvelle planète. Le seigneur et les chevaliers du peuple Bijizé étaient très excités à l'idée de cette future nouvelle conquête. Certes, cette nouvelle planète contenait un peu trop de mers et d'océans pour leur goût, mais elle était idéalement située à la bonne distance de son soleil pour que la température y soit agréable.

Lorsqu'ils auraient fait le gros du travail de conquête, ils deviendraient les nouveaux seigneurs de cette planète. Les meilleurs des esclaves qui voyageaient dans les soutes deviendraient chevaliers à leur tour.

Chez les Bijizés, toutes les tâches techniques, considérées comme moins honorables revenaient aux esclaves. Cela avait été différent dans le passé, mais c'était maintenant comme cela depuis l'avènement du grand dictateur pour combattre ceux que personne parmi eux n'avait le droit de nommer. Par contre, toutes les conquêtes apportaient beaucoup d'honneur. C'était le but principal pour la conquête de la terre par le seigneur et ses chevaliers. Les esclaves adhéraient aussi à cette conquête car cela leur permettrait d'être affranchis ou affectés à des tâches plus intéressantes.

Pour le grand dictateur et les autres dirigeants Bijizés, la conquête avait un autre objectif, inavouable. La nouvelle planète leur servirait de refuge lorsque ceux qu'on ne pouvait nommer seraient sur le point d'envahir Bilonga, la planète d'origine des Bijizés.

Pour le moment, les chevaliers Bijizés, menés par leur seigneur, envahirent la planète avec la même stratégie que d'habitude. En arrivant, leur vaisseau élimina tout ce qui pouvait constituer une gêne dans un rayon assez large autour de la piste d'atterrissage. Ensuite, les guerriers et les esclaves sortirent rapidement du véhicule spatial et se déplacèrent vers un point déterminé avant l'atterrissage. Les défenses automatiques du vaisseau le garderaient en bon état pour les communications futures avec Bilonga.

Sur terre, quelques heures avant l'atterrissage du vaisseau extraterrestre Bijizé, l'organisme Amérigain de détection des astéroïdes avait repéré le vaisseau Bijizé, alors qu'il était au niveau de la planète Jupiter. Tous les télescopes de la planète s'étaient immédiatement braqués sur l'objet. Sa surface polie et régulière ne pouvait avoir été façonnée que par des êtres intelligents. Sa trajectoire était également révélatrice de son origine extraterrestre.

Une demi-heure plus tard, les astronomes se rendirent compte que le vaisseau décélérait pour atterrir. Les agences spatiales calculèrent qu'il toucherait terre en Germagne. Au centre de contrôle militaire européen, ce fut le branle-bas de combat. L'objet spatial inconnu, de grande taille, s'était placé en orbite.

Comme la procédure l'exigeait l'information fut transmise aux autres forces armées terriennes. Les généraux et les politiques européens et de toutes les autres nations de la terre essayèrent de déterminer si le vaisseau spatial était dangereux ou pas. La population civile de Germagne, la plus proche du lieu d'atterrissage supposé évacua la région.

Était-ce bien des extraterrestres ? Etaient-ils hostiles ? Est-ce que notre armement aurait le moindre effet sur eux ?

Ces questions, les politiques et les militaires se les posèrent de mille manières différentes. Finalement, ils décidèrent de ne pas lancer d'action hostile et d'attendre de voir ce que voulait le vaisseau inconnu. La Germagne et ses alliés sécurisèrent la zone d'atterrissage supposée en y envoyant autant de forces militaires que possible en peu de temps.

Alors, qu'il était encore à plus de deux mille kilomètres de la terre, le vaisseau dévia légèrement vers l'ouest, mais sa zone d'atterrissage restait en Germagne. Il se mit aussi à émettre des rayons qui réduisirent en un tas fumant les maisons et tout ce qui ressemblait à un véhicule dans un rayon de cent kilomètre autour de cette zone. En réponse à cette action hostile, une bonne partie des missiles stationnés en Europe et ailleurs lui furent envoyés. Un grand nombre n'arriva pas à destination parce que tous les satellites de télécommunication étaient détruits par le passage du vaisseau ou par ses rayons. Les autres missiles furent détruits par des rayons issus du vaisseau.

Le vaisseau spatial se posa à l'ouest de la Germagne dans une région très boisée à la frontière française. Au sol, c'était la panique. Dans le plus grand désordre, ce qui restait des populations civiles tentèrent de fuir. La forêt brûla. Les forces armées s'approchèrent conformément aux ordres reçus et furent exterminées par l'armement supérieur des Bijizés. Dès lors la population européenne était sans défense ou presque.

Le lendemain, dans sa maison de banlieue parisienne, Margot écoutait à la radio l'avancée des envahisseurs. Elle était chez elle avec Véga sa fille de dix-huit ans et Edmond son garçon dix ans. Elle entendit des coups de feu. Angoissée, elle jeta un coup d'œil par la fenêtre et vit des scènes d'horreur. Ses voisins se faisaient tirer dessus par des extraterrestres.

Les agresseurs étaient les affreux décris par la radio, c'est à dire des silhouettes humanoïdes avec une petite queue et un nez crochu. À présent, ils essayaient d'ouvrir la porte des voisins situés en face de la maison. Deux personnes âgées habitaient là. Ils enfoncèrent la porte et tuèrent rapidement les deux personnes. Margot et Véga pouvaient à peine bouger tellement elles avaient peur, mais dans l'urgence, elles exécutèrent leur plan comme prévu. Margot prit le grand couteau à viande et Véga son arc de compétition. Elles allèrent se cacher derrière la rampe d'escalier à l'étage.

Les extraterrestres entrèrent dans la maison. Ils commencèrent tous les deux à fouiller en cassant tout. Puis ils montèrent. Véga tira sur la première silhouette et atteignit le buste sans encombre. Cet extraterrestre s'effondra. Le deuxième tira avec son fusil sans toucher quiconque. Véga tira à nouveau et réussit à l'atteindre au cou.

Margot et Véga restèrent un moment, hébétées. Puis, entendant des cris de combats et d'agressions plus loin, Margot jeta un coup d'œil dehors. Ne voyant plus d'autre agresseur à proximité, elle tira les corps hors de vue à l'intérieur.

En esquissant le mouvement pour fermer la porte d'entrée, elle réfléchit et se dit que cela attirerait d'autres extraterrestres qui les extermineraient. Elle rabattit donc la porte à moitié comme si les agresseurs avaient tué tout le monde et étaient ressortis. Puis elle enfila des chaussures de son mari à l'un de ses agresseurs. Elle ramena le corps dans l'entrée en tournant les pieds vers l'extérieur pour qu'ils soient visibles par tous les extraterrestres en patrouille.

— Cela signalera aux autres que leur sale boulot a été fait, soupira-t-elle en guise d'explication à ses enfants.

Ceci fait, ils s'assirent tous au premier étage en surveillant les environs.

Hardy n'avait pas pu s'en empêcher. Malgré les recommandations de confinement pour se protéger de la radioactivité, il était allé sur la côte française au plus près de son pays. Même le climat semblait retenir son souffle. Sans une goutte de vent, le champignon atomique s'attardait au-dessus de son pays.

Il était seul sur la falaise. Il pleura sans pouvoir s'arrêter. Le nuage d'impact était énorme. Son père était mort sans aucun doute. La radio le confirmait en précisant que personne n'avait survécu là où les poussières s'étaient élevées. Cela continuait à s'étendre. Il retourna à Mireval dans un brouillard de larmes.

Ils contemplaient le désastre des destructions occasionnées par les extraterrestres.

— Heureusement que nous sommes allés en courses hier parce que nous n'y retournerons pas, soupira Véga en montrant un incendie qui était visiblement celui du supermarché où ils s'étaient ravitaillés la veille.

— Moi qui ai toujours rêvé de cultiver un vrai potager, je vais devoir le planter parce que nos provisions ne dureront qu'un temps, dit Margot d'un air sombre. J'aurais préféré m'y mettre pour protéger la terre et pas pour me protéger d'une invasion.

—Tu as tellement de connaissances écologiques que les légumes pousseront bien, s'exclama le petit Edmond confiant.

— J'espère surtout que j'ai suffisamment de connaissances agricoles parce que sur un aussi petit terrain nous risquons surtout de mourir de faim, répondit Margot d'un air inquiet en mesurant le jardin du regard.

— Nous pourrions utiliser les jardins des voisins qui sont mort, dit Véga d'une voix morne.

Elle était la plus affectée de la famille par les destructions et les morts causés par l'invasion.

3.
Jon et les enfants sauvages

Amériga du Nord, Grande forêt, Alors que les envahisseurs allaient envahir l'Europe

Dans la grande forêt près de Livingstone, la louve avait adopté le bébé d'Aiguebelle. Dans sa tête, la louve appelait ce bébé « Petit Humain » ou « Humain » car il ne s'appelait pas encore Jon. Dans sa tête également, Petit Humain allait bientôt nommer la louve « Louve ».

Ce jour-là, Louve regarda Humain se mettre sur ses pattes. La saison des neiges était passée et elle commençait à désespérer et regretter d'avoir recueilli Petit Humain. Mais ça y était ! Prenant modèle sur Louve, Petit Humain avançait en posant ses bras et jambes tendues sur le sol. Cette position rassurait Louve car son instinct lui dictait que c'était la bonne posture.

Petit Humain prit la viande qu'elle avait régurgitée et la mangea. Cela aussi avait été long. Mais elle était soulagée qu'il ne boive plus de lait. Elle mâcha un peu de l'herbe bonne-pour-loups qu'elle régurgita. Humain la goûta pour lui faire plaisir. Elle voyait bien qu'il n'aimait pas cela. Cependant, elle pensait que l'herbe était bonne pour son développement car les loups en avaient besoin et elle avait remarqué que les humains avaient besoin d'herbe aussi au cours de ses observations.

C'était le printemps. Louve n'attendait pas de petit car elle n'avait toujours pas rencontré d'autres loups. Elle était donc entièrement disponible pour s'occuper de Petit Humain. Elle poussa du nez le bébé pour le taquiner et le faire jouer. Celui-ci adorait ça : il se remit à quatre pattes et se jeta sur Louve pour jouer. Ils s'amusèrent ainsi un moment avant que Louve ne retourne chasser.

Au milieu de l'été suivant, Petit Humain était devenu si habile à se déplacer que Louve l'emmena en observation à la chasse. Il était encore si maladroit et lent qu'elle avait des doutes sur ses capacités futures dans cette activité, mais cela n'empêchait pas d'observer sans faire de bruit car c'est ainsi que l'on apprenait chez les loups. Parfois, le bébé se redressait sur ses jambes. Louve s'aperçut que cela ouvrait bien des possibilités pour repérer les proies ou les effaroucher. Comme c'était une vieille Louve sage et astucieuse, elle adapta progressivement sa stratégie de chasse pour exploiter pleinement les possibilités de Petit Humain. Ainsi, ils mangèrent mieux tous les deux.

Les saisons passaient. Au début de l'été suivant, Humain participait désormais pleinement à la chasse avec Louve. Il avait beaucoup grandi. Mais, il était toujours trop lent pour un loup. Et aussi beaucoup moins fort. La mini-meute formée par Louve et Humain avait donc perfectionné la stratégie qui permettait d'exploiter la capacité humaine à se tenir sur deux jambes, à voir plus loin et à paraître plus imposant.

Cette stratégie palliait à la lenteur de Petit Humain et permettait à leur mini-meute d'avoir suffisamment à manger. D'abord, Humain et Louve participaient tous les deux à l'observation de la proie comme il était normal pour des loups. Ensuite, ils se déployaient. Pour Humain cela signifiait se mettre en position pour rabattre la proie vers Louve en lui faisant peur. Il avait acquis un sens instinctif et même inconsciemment paranormal pour savoir quand Louve était en position. Ainsi, dès qu'ils étaient tous les deux prêts, Humain démarrait l'attaque, c'est à dire, il courrait sur ses deux jambes vers sa proie en poussant des cris. C'est là dans l'urgence de l'attaque qu'il devenait le plus humain, car pour aller plus vite, il ne posait plus les mains sur le sol et ses cris passaient du grognement à des sons presque parlés. La proie était généralement tellement déroutée par ces cris qu'elle détalait vers Louve. Celle-ci n'avait plus qu'à bondir vers sa nuque pour la tuer.

Humain et Louve devaient longuement chercher leur proie avant de l'attraper pour la manger. C'était l'occasion pour Humain d'observer ses semblables qui étaient plutôt nombreux à vivre dans la forêt. Ils pouvaient se classer en trois groupes très différents.

Le premier groupe, les néo-écologistes y habitait pour mener un style de vie simple, proche de la nature, loin de l'agitation des villes et de lois « imbéciles ». Ces locataires de la forêt avaient généralement un esprit « pionnier ». Par conséquent, ils se construisaient une habitation en bois, une cabane plus ou moins sophistiquée. Une autre conséquence était qu'ils pourchassaient généralement Louve pour la magnifique fourrure qu'elle avait acquise depuis qu'Humain chassait avec elle. Influencé par la méfiance et la prudence de sa tutrice, Humain se tenait le plus loin possible de gens qui auraient pu facilement le recueillir sans le maltraiter.

Le groupe des trafiquants, des marginaux et des mafieux en tout genre étaient d'autres personnages rencontrés dans la forêt. Les personnages louches y abondaient et cachaient toute la gamme des choses issues de leurs activités illégales : or, bijoux, objet volés ou enfants, adultes enlevés, drogues … Heureusement, l'aura de noirceur paranormale de ces individus tenait le Petit Humain de Louve à distance. Quant à leurs objets précieux, la louve et l'enfant n'étaient pas intéressés car ils n'en avaient que faire.

D'autres habitants de la forêt étaient dans le groupe des enfants abandonnés. Ils n'avaient jamais été abandonnés aussi jeunes qu'Humain car il n'existait pas d'autre animal aussi compatissant que Louve dans le secteur. Cependant, les lois anti-adultère de l'époque contraignaient un nombre considérable de femmes à abandonner leur petit enfant lorsqu'il devenait plus visible et remuant qu'un bébé. En ville, ces abandons généraient un nombre considérable de trafics. À tel point que certaines femmes préféraient abandonner leur enfant dans la forêt ; ce qui n'était pas mieux car les pionniers étaient rares, pas toujours tendres et les orphelins tombaient souvent directement dans les griffes des trafiquants.

C'étaient ces orphelins qui fascinaient le plus, Petit Humain. Il sentait confusément qu'ils étaient « comme lui ». Par conséquent, tout ce qu'il les voyait faire, il le faisait aussi. Ainsi, il mangeait toutes les baies et les herbes qu'ils ramassaient. Lorsqu'il avait un moment, il observait les enfants abandonnés pendant des heures. Et, lorsqu'il était sans Louve dans un endroit discret, il s'efforçait de parler comme eux.

Il émettait d'ailleurs de plus en plus de sons car, dans sa vie quotidienne, il y avait toute la gamme de grognements de loup qu'il maîtrisait. Parfois, Louve l'emmenait pour les traditionnels hurlements à la lune propres à son espèce. Ainsi, le petit garçon apprit progressivement à parler et grogner en entendant les loups et les autres enfants orphelins. Au début, il répéta les différentes voyelles du langage des enfants. Puis, il se mit à former des syllabes avec les consonnes.

En compagnie de Louve, il se mit à observer de moins en moins discrètement un groupe de quatre enfants. Un jour, des trafiquants mafieux essayèrent de les capturer. Les enfants abandonnés étaient des proies faciles et les trafiquants n'avaient pas pris de précautions particulières. En arrivant par derrière, Louve mordit les criminels comme s'ils étaient des proies. Ils s'enfuirent sérieusement blessés.

Pendant que Louve, dégoûtée, allait se laver la bouche du sang de ses victimes, Petit Humain s'approcha des enfants.

— Red ! A red ! A red ! A red ![1] dit l'un d'eux en pointant son doigt vers Humain.

— Redeu ! Redeu ! Redeu ! », répétèrent les autres enfants.

Humain éclata de rire et répéta en pointant son doigt sur sa poitrine.

— Redeu ! Redeu ! Redeu !

— Ted ! Ted ! Ted ! répondit le premier qui avait parlé.

Sur ce, Louve arriva et les nouveaux amis d'Humain s'écartèrent avec appréhension. Mais, Humain se colla avec affection contre elle et Louve émit un grognement de bienvenue. Et les petits, en mal d'affection, regardèrent le couple formé par Louve et Humain avec des yeux brillants d'envie.

Ce jour scella une amitié entre Ted et Petit Humain qui ne se démentit jamais. Louve et les cinq enfants formèrent progressivement une meute. Avec tant d'enfants pour rabattre les proies vers Louve, la chasse devint très efficace et ils mangèrent tous à leur faim.

L'un des enfants se souvenait suffisamment de sa vie d'avant avec ses parents pour se rappeler son prénom, c'était Ted. Quant à Petit Humain, ils continuèrent de l'appeler Redeu. Quant à Louve, elle resta Louve. Les enfants parlaient une langue spécifique dérivée de l'anglais et

---

1   Rouge ! Un rouge ! Un rouge ! Un rouge !

incompréhensible pour d'autres personnes tellement les mots avaient changé.

L'automne arrivait. Avec quatre petits garçons supplémentaires, la tanière de l'hiver précédent devint trop petite. En furetant un peu, la petite troupe trouva une cavité parfaite sous les racines d'un arbre. Comme les enfants frissonnaient au contact du givre du petit matin, ils volèrent des vêtements qui séchaient près de la cabane d'un pionnier du voisinage.

Redeu et Ted devinrent inséparables. Redeu donnait les clés à Ted pour communiquer avec Louve : quand on pouvait passer outre ses grognements, quand on pouvait jouer, quand il fallait obéir à la chef de meute… La plupart du temps, les autres enfants faisaient ce que Louve, Ted ou Redeu leur disaient. Pour un observateur extérieur, Louve avait l'air du gros chien de la petite troupe. Mais, il n'en était rien : c'était elle qui prenait des initiatives et qui interdisait ou refusait celles de Redeu et Ted.

La petite troupe était plutôt bruyante pour des orphelins de la forêt. Et, ils attiraient souvent l'attention des trafiquants qui auraient bien voulu attraper tous ces garçons en bonne santé pour les faire participer à leurs trafics. Mais, Louve avait l'habitude de se tenir en retrait du groupe et les malfaiteurs la prenaient rarement en compte. Lorsqu'ils apparaissaient pour enlever les enfants, Louve mordait et blessait. Les hommes lâchaient les enfants pour s'enfuir.

Après chaque tentative de rapt, la meute changea de tanière. La plupart du temps il faisait froid ou il pleuvait pendant ces déménagements. Pour essayer de faire cesser les tentatives d'enlèvement, ils s'enfoncèrent de plus en plus dans la forêt sauvage, mais, cela fut insuffisant. Poussés par la peur, les enfants devinrent aussi plus discrets.

Cependant, en changeant de lieu, ils étaient passés de la zone des habitants clandestins à celle où les plus gros trafiquants cachaient leur butin. En fait, depuis qu'ils étaient dans ce secteur, les attaques devenaient de plus en plus violentes. Comme ils commençaient à être connus, les kidnappeurs étaient aussi mieux préparés.

À la fin de la première année après la constitution du groupe, pendant leur deuxième été, Louve fut blessée sans gravité par les balles du puissant groupe des Vampires sanglants. Elle réussit à s'enfuir, mais, parmi les enfants seuls Ted et Redeu réussirent à échapper aux criminels. Les trois autres enfants furent enlevés. Ni Redeu, ni Ted ne les revirent jamais.

La blessure de Louve commença à se refermer. En attendant, elle handicapait sérieusement la meute pour la chasse car ni Redeu, ni Ted n'était capable de tuer une proie aussi bien que Louve.

Quelques années plus tard, Aiguebelle referma son journal intime où elle venait de noter les aventures racontées par son fils

— Maman ! dit Jon. Des enfants ont déjà eu une Louve comme maman ?

— Bien sûr ! répondit Aiguebelle. Il y a très longtemps, une louve a élevé Romulus et Remus qui ont créé une grande ville qui s'appelait Rome.

— Alors, moi aussi, je vais créer une ville !

— C'est très difficile de fonder une ville.

4.
Résistance

France, Banlieue parisienne. Trois semaines après l'arrivée des envahisseurs

— Oh ! Tu as préparé le repas ! C'est parfait, dit Margot à Edmond en rentrant à la maison. Nous allons nous changer, nous nettoyer, puis nous mangerons.

Margot et Véga se dépêchèrent de monter dans leurs chambres pour enlever leurs vêtements tâchés et se laver.

Seulement trois semaines après l'invasion, la résistance était bien organisée dans leur quartier où les habitants avaient toujours été solidaires. Elles revenaient de l'une de ces opérations qui contraient les incursions des ennemis dans les maisons. Ce jour-là, ils avaient suivi les ennemis par les caves alors qu'ils patrouillaient dans la rue. Lorsqu'ils avaient pénétré dans une maison, Margot, Véga et leurs voisins les avaient reçus avec des armes à feu silencieuses prises sur les corps des soldats ennemis.

Les premières semaines après la première incursion des envahisseurs dans leur quartier avaient été intenses. Tous les habitants survivants s'étaient entraînés aux armes. Ils avaient percé des passages entre les caves pour se ménager des voies de repli en cas de nouvelle attaque. Puis, ils avaient réalisé un système d'alarme électrique qui prévenait de toute incursion d'ennemis dans le quartier. Heureusement, l'électricité et l'eau fonctionnaient encore parfaitement. Mais il n'y avait plus de possibilité de se procurer de la nourriture en dehors du quartier. Donc, la majeure partie du temps était désormais consacrée à la recherche de nourriture, à du jardinage ou à de l'élevage. Margot utilisait deux maisons comme serres pour y faire pousser des légumes à l'abri et élever des poules. Ce faisant, les gens réfléchissaient aux moyens de contrer ou de nuire aux envahisseurs.

Heureusement, pendant ces quelques semaines d'adaptation du quartier à une résistance aux envahisseurs, il n'y avait pas eu d'attaque. Mais maintenant, les extraterrestres revenaient tous les trois jours. Peut-être était-ce parce qu'aucun attaquant ne revenait jamais après un passage dans le secteur ? La répétitivité des incursions ennemies était épuisante physiquement et émotionnellement pour les habitants du quartier.

Margot, Véga et Edmond se mirent à table pour un déjeuner composé de tomates et d'une petite quantité de pâtes de leur réserve.

— Maman, je veux venir avec toi, implora Edmond. Nous avons besoin de tout le monde pour rester vivants ! Vois comme tu es fatiguée.

—Contrer les extraterrestres est très dangereux…

À dix ans, Margot le trouvait bien trop jeune pour combattre les envahisseurs.

— Maman ? demanda Edmond. Comment c'était aujourd'hui ?

— Il y avait cinq envahisseurs dans le quartier. Il y avait notre voisin Marc, sa femme et six autres voisins et voisines. Nous sommes super-contents car nous avons atteint quatre envahisseurs avec quatre balles des fusils silencieux que nous leur avons pris la dernière fois. Le cinquième envahisseur a bêtement décidé d'entrer dans la maison où nous nous trouvions pour négocier d'après le ton de sa voix. Nous avons fait une folie. Nous l'avons capturé. Maintenant, nous espérons en apprendre plus sur les envahisseurs, mais d'abord, il faut comprendre leur maudite langue.

Aux petites heures du matin, Margot ressortit monter la garde devant la pièce où ils avaient enfermé l'extraterrestre capturé. L'individu avait l'air un peu perdu. Il ne paraissait pas comprendre ce qui lui arrivait. D'après les voisins du tour de garde précédent, il n'avait dormi que quelques heures.

Pendant les tours de garde, les discussions tournaient sur le prisonnier. Chacun se demandait comment le nourrir, comment le faire parler et comprendre sa langue. Celui-ci les observait de plus en plus anxieux. Finalement, Evilan qui habitait de l'autre côté du quartier se rappela une conversation avec un voisin âgé qui habitait très près des champs cultivés.

— Mon voisin Marcel m'a dit que les envahisseurs ramassent les céréales dans les champs pour nous affamer, dit-elle. Je pense que notre prisonnier peut manger notre nourriture.

— Il a peut-être besoin d'eau aussi, dit Marc un autre voisin de Margot.

Deux jours après la capture du prisonnier, pendant son tour de garde, Marc lui proposa un gobelet d'eau qu'il but avec avidité. Ils attendirent une nuit pour voir s'il n'était pas malade et ils lui donnèrent une série de gobelets d'eau.

Cinq jours après sa capture, le prisonnier mangea du riz qui le rendit malade.

— C'est peut-être parce qu'il n'est pas habitué et parce que c'est un aliment nouveau pour lui, dit Margot qui avait été infirmière. Son système digestif a peut-être besoin de s'habituer.

Effectivement, au repas suivant il se portait comme un charme.

En revanche, leurs tentatives pour apprendre sa langue étaient, jusque-là, vouées à l'échec.

— Nous lui donnerons à manger uniquement s'il parle, décida Margot.

Tous les voisins approuvèrent.

Après la capture de l'extraterrestre, il n'y eut à nouveau plus d'incursion ennemie dans le quartier.

Margot et ses voisins continuèrent à donner un peu de nourriture au prisonnier pour qu'il parle. Chaque bouchée permettait généralement d'obtenir un nouveau mot qu'ils répétaient soigneusement et qu'ils finissaient par comprendre la plupart du temps. Cependant, ils n'arrivaient pas à lui extirper assez de mots par cette méthode. C'est ce qu'ils constatèrent deux semaines plus tard lorsqu'ils firent le bilan.

— Il nous faudra cinquante ans à ce rythme pour apprendre la langue, dit leur voisin Marc. Avez-vous une autre idée pour apprendre la langue plus rapidement ?

— Nous pourrions le saouler, dit l'un des jeunes retraités du quartier.

— Ce serait dangereux et je ne sais pas s'il supportera l'alcool, répondit Margot.

— En plus, on ne comprendra peut-être rien s'il est saoul, ajouta Marc. Mais on va garder ça si on ne trouve rien d'autre d'ici à la semaine prochaine.

Personne n'eut d'autre idée applicable à cette réunion.

Margot avait de plus en plus de mal à comprendre Véga. Les événements et les deuils l'avaient rendue hyper volontaire, agressive et elle allait au combat contre les envahisseurs comme à une drogue. Margot ne savait pas comment la calmer avant qu'elle ne se jette inconsciemment devant un danger qu'elle n'arriverait pas à éviter. Malgré son désir de la protéger, elle finit par l'autoriser à voir le prisonnier, à le traiter comme elle l'entendait.

Dès son entrée dans la pièce où il était détenu, Véga fut très agressive. Elle avait apporté des menottes, trouvées on ne sait où, et elle les utilisa pour l'attacher à un tuyau près du sol.

— C'est une punition, dit-elle méchamment. Tu resteras comme ça jusqu'à ce que tu parles.

L'extraterrestre la regarda, hébété.

— Tu vas devenir méchante comme lui si tu te comportes comme ça, lui dit Marc narquois lorsqu'elle sortit de la prison.

— Alors, enlève-lui les menottes !

— Oh ! Maintenant le mal est fait, répondit Marc. Je vais les lui laisser un peu pour voir.

Pendant qu'ils parlaient encore dans le couloir, le prisonnier se mit à parler en un flot ininterrompu de paroles en secouant ses menottes. Véga et Marc se mirent à faire un exercice vocal avec lui. Par la suite, les menottes devinrent un moyen de le faire parler de préférence à la nourriture qui restait une ressource rare malgré tous les efforts de la petite communauté.

Après cet exploit, Véga gagna en assurance et bonne humeur. Elle alla voir le prisonnier tous les jours et apprit sa langue. Par contre, elle continuait aussi à le persécuter alors qu'il n'y avait pas de raison, ce qui inquiétait Margot.

— Tu ne dois pas te complaire dans le sadisme parce que tu deviendras un dictateur, dit-elle à Véga.

— Il faut bien faire parler cet idiot d'extraterrestre ! Tu es bien la seule à râler ! répliqua Véga avec mauvaise humeur.

C'était vrai. Tout le monde félicitait Véga pour son succès et sa compréhension de la langue des envahisseurs.

5.
Projet de voyage

France, Banlieue parisienne.

Deux mois plus tard, en automne, la tempête faisait rage dans la région de Paris. La pluie ne tombait plus, elle voguait à l'horizontale. Margot n'avait jamais vu une tempête assez féroce pour que le vent soulève les voitures garées devant les maisons comme ce fut le cas ce jour-là. La famille espérait que le vent n'avait pas emporté les tuiles du toit comme c'était le cas pour la maison inhabitée d'en face. Dans ce cas, toute tentative de réparation alerterait les envahisseurs et provoquerait un bombardement mortel des réparateurs par leurs espèces d'hélicoptères extraterrestres. À défaut de réparations, on en serait donc réduits à mettre des seaux sous les trous du toit.

Ce soir-là, Véga revint de son tour de garde du prisonnier avec le sourire.

— Les extraterrestres ont une peur panique des tempêtes, confia-t-elle. Notre prisonnier a pleuré et supplié pour que je le laisse sortir ou pour que je le laisse revoir les siens pendant toute la durée de la tempête. C'était tellement comique !

— Nous pourrions faire quelque chose pour profiter de cette panique, dit Margot.

— Oh ! J'en ai parlé avec Marc. Mais il faudrait aller les attaquer là où ils vivent. Ce serait trop dangereux.

— Je ne vois pas de trou ou de fuite au toit, dit Edmond en descendant l'échelle du grenier.

— Alléluia ! dit Margot en une prière pour cette bonne nouvelle.

Les mois passaient. Margot continuait à cultiver ses maisons-serres tout comme les quatre autres familles plus ou moins complètes du quartier. Elle mettait en pratique ses idées en matière d'agriculture écologique et elle avait déjà subi quelques déconvenues, mais les efforts de chacun assuraient globalement la survie de tous.

Véga continuait de participer aux embuscades qui permettaient de contrer les rares incursions d'envahisseurs dans le quartier. Sa connaissance de la langue ennemie était très appréciable pour savoir ce que les ennemis allaient faire. Elle était de plus en plus experte dans leur langue parce qu'elle continuait à apprendre et à poser des questions au prisonnier. Il apparut ainsi qu'il s'appelait Ilsu, que son peuple se nommait le peuple Bijizé et que son vaisseau venait de leur monde d'origine nommé Bilonga. Il ne sut pas ou ne voulut pas leur dire autour de quelle étoile Bilonga était situé.

— Notre planète est très loin de chez vous, lui dit Véga. C'est bête d'aller aussi loin !

— Nous devons conquérir une terre riche, expliqua Ilsu sur le ton de l'évidence. Pour que cette nouvelle terre produise beaucoup, nous prenons beaucoup d'esclaves. Comme ça, les seigneurs ont tout ce qu'il leur faut.

— Nous sommes libres ! répondit Véga. Jamais nous ne serons vos esclaves !

— Mais vous apprendrez plein de choses si vous êtes esclaves, répliqua l'extraterrestre étonné. Vous ne serez plus des barbares.

— Nous apprendrons sans vous ! Et nous vous rejetterons dans l'espace sans protection !

Véga sortit de la prison très en colère ce jour-là. Et tout le quartier était dans le même état d'esprit, lorsqu'elle leur rapporta cette conversation.

Après des semaines de brouillard pollué par les incendies allumés par les extraterrestres, Margot se désolait parce que les provisions diminuaient rapidement et elle ne pourrait pas planter dans le jardin avec tous les dépôts de fumées nocives. Il semblait impossible que l'on puisse se réapprovisionner en nourriture quelque part maintenant que les extraterrestres étaient là.

— Tu pourrais planter lorsqu'il aura plu ? lui dit son fils Edmond. Comme ça la pluie aura emporté les polluants ?

— Oui, grimaça Margot, mais ce n'est pas idéal car la pluie aura emporté les polluants dans la terre. Et les plantes utilisent la terre pour grandir.

— Maman ! intervint Véga. Nous ne te demandons pas l'idéal. Nous te demandons de nous nourrir ! Nous n'avons peut-être pas le luxe de vérifier s'il y a des polluants !

— C'est sans doute ce que je vais faire, soupira Margot. Je vais planter lorsqu'il aura suffisamment plu pour entraîner les polluants profondément dans la terre.

— Tu es sûre que le camouflage suffira pour ne pas attirer les Bijizés, demanda Edmond inquiet.

— Oh oui ! Personne n'a été inquiété s'il portait un camouflage ! Pourtant, la voisine met quelquefois une heure pour rentrer ses chèvres.

Alors que le printemps s'annonçait en avance avec les premières floraisons, des rumeurs insistantes firent état de massacres à l'intérieur de Paris. Véga demanda des explications à Ilsu, leur prisonnier.

— Pourquoi les Bijizés tuent des gens s'ils veulent en faire des esclaves ?

— Les terriens ont certainement été indisciplinés, répondit Ilsu avec un peu de condescendance. Si vous êtes sages, nous ne vous tuerons pas.

Véga se mit en colère.

— Jamais ! cria-elle. Jamais je ne me rendrai !

Cependant, dans le couloir, les autres en discutèrent.

— Peut-être vaut-il mieux être esclave si nous sommes bien traités, dit l'un des retraités.

— Nous ne sommes pas désespéré à ce point, répondit fermement Marc. Et peut-être qu'il ment, ajouta-t-il en désignant la prison.

— De toute façon, nous n'en sommes est pas là, dit la femme du retraité en regardant avec agacement son mari. La perspective ne m'attire pas du tout. Croyez-moi !

Aujourd'hui, c'était conseil de quartier. La réunion aurait lieu dans une maison encore vide, voisine de celle de Margot. Certaines maisons étaient de nouveau occupées parce que de nouveaux habitants issus de la ville voisine arrivaient sans arrêt. Les nouveaux habitants racontèrent ce qui se passait en direction de Paris.

— Les ennemis se débarrassent progressivement des rebelles en détruisant toutes leurs maisons, raconta une femme blonde, frisée, aux cheveux en bataille.

Tout le monde émis des soupirs horrifiés pour ceux qui n'avaient pas pu s'échapper. Puis, quelqu'un murmura un petit regret pour les magnifiques monuments de la ville.

— Ah ! Ils ne détruisent pas le centre. s'exclama la femme blonde frisée.

— Seulement la banlieue, dit l'ancien maire de la ville voisine.

Ensuite, on passa aux solutions pratiques pour le quartier.

— Il faut partir de la ville, dit quelqu'un. Ils vont bientôt venir.

— Mais où ? répliqua Margot. Ils ont des caméras thermiques qui nous repéreront si on essaye de survivre dans la nature. Il y aura toujours un moment où nous oublierons de mettre un camouflage.

— Il paraît qu'à la campagne, ils n'ont pas d'hélicoptère ni de caméra thermique, dit l'un des nouveaux venus.

— C'est une solution, dit Margot. Nous pourrions peut-être aller dans les bois … ou aller habiter dans une autre région.

— Nous ne pourrons pas tous faire ça. La moitié d'entre nous n'y survivrait pas !

— Il faut trouver un endroit qu'ils ne savent pas habité. Nous ne pouvons pas aller dans la ville voisine. Nous sommes trop nombreux et ils finiront par continuer par là-bas aussi.

Chacun réfléchit, cherchant la meilleure solution. On servit du thé apporté dans un thermos.

— Pourquoi pas les abris dans la forêt ? dit Marc.

Les abris étaient des bunkers en bétons construits par des soldats lors de la seconde guerre mondiale.

— Mais il n'y aura pas assez de place ! dit quelqu'un.

— Nous pourrions aller dans la mine alors, dit Marc qui y travaillait avant l'arrivée des envahisseurs.

— Oui, mais les Bijizé connaissent l'endroit.

— En tout cas, ils n'y sont pas apparemment, répondit Marc.

— Il faudrait s'en assurer.

— Véga pourrait demander au prisonnier s'il connaît l'endroit, proposa Margot. Elle parle bien leur langue maintenant.

Les nouveaux venus de la ville voisine s'exclamèrent et s'indignèrent qu'ils aient gardé un prisonnier ennemi, allant même jusqu'à dire que c'était de la traîtrise.

— Du calme ! dit Marc. Vous voyez bien qu'il est utile pour les renseignements. Et je vous garantis que nous ne le chouchoutons pas.

Finalement, les combattants du quartier convinrent d'inspecter tout de suite les abris en vue de leur aménagement. Pour la mine, ils reportèrent la décision après la collecte de plus de renseignements pour vérifier auprès des riverains et du prisonnier que les envahisseurs ne risquaient pas d'y aller.

Ils eurent beau interroger le prisonnier en le menaçant et en le punissant, ils n'obtinrent qu'une réaction de peur lorsqu'ils lui parlèrent de mines. Apparemment, pour lui, c'était être esclave, déchoir profondément et risquer sa vie que de penser seulement à aller dans une mine. Cela mit en fureur Marc qui se mit à être si violent qu'on dût l'arrêter.

Quelques temps plus tard, Philippe arriva pour acheter des provisions. C'était un ancien manager aux cheveux frisés, auquel il restait une part de bon vivant malgré la dureté des temps.

— Il suffit de ne pas aller dehors et de ne pas prendre la ligne d'attaque des envahisseurs, expliqua-t-il. Ils progressent de manière radiale en banlieue depuis la limite de Paris. Dieu seul sait pourquoi ils procèdent de manière aussi stupide, mais c'est comme ça et ça nous arrange bien.

— Et que se passera-t-il lorsqu'ils auront terminé ce rayon ? interrogea Margot.

— Oh ! Je suppose qu'ils en feront un autre probablement du côté ouest », répondit-il.

— Et dans Paris c'est comment ?

— Vous allez être jaloux ! C'est beaucoup moins détruit que la banlieue. Et il y a plus de monde qui a survécu. Peut-être qu'il y a une forme de respect pour la ville.

Margot n'avait pas entendu dire que le prisonnier ait parlé avec respect des réalisations humaines, excepté peut-être leur capacité « déraisonnable » à résister aux Bijizés.

— Est-ce que les Parisiens passent par les tunnels du métro ? demanda-t-elle. Les envahisseurs n'aiment pas les endroits sous terre.

— Non seulement, ils y passent, mais ils y vivent et même ils y fabriquent les armes, répondit Philippe un peu narquois. Malgré les massacres, le métro est encore plus fréquenté qu'avant.

— Pourquoi as-tu besoin de provisions, demanda Véga.

— Pour Paris. Je vais régulièrement à la campagne chercher des provisions et il paraît que là-bas il n'y a pas d'envahisseurs.

— Vraiment ? J'en avais entendu parler mais je n'étais pas sûre que ce soit vrai, répondit Margot.

— Alors ce serait possible d'aller dans notre maison de campagne en Auvergne comme je l'avais envisagé à un moment, songea Margot avec espoir.

6.
Rencontre

France, Périphérie de Paris, Hardy, Margot, Véga et Edmond

La destruction systématique des maisons par les envahisseurs avait continué sans que l'on trouve de solution pour l'empêcher. L'entreprise de destruction des Bijizés n'était pas encore arrivée dans le quartier de Véga, mais ils étaient à moins d'un kilomètre.

Ils avaient maintenant environ trois jours pour fuir ou se cacher. En ce qui concernait les refuges, Margot et Véga n'aimaient pas la solution de la mine car cela leur paraissait être un « trou à rats », un piège mortel qui allait se refermer sur elles. De plus, ils ne pourraient cultiver que des champignons au fond comme source d'alimentation. Les abris issus des guerres précédentes ne leur paraissaient guère mieux car ils n'étaient pas assez grands ct confortables. Elles ne voulaient pas non plus emménager dans un endroit épargné de la banlieue car ce serait surpeuplé et la famille n'y aurait aucune ressource alimentaire. De plus, les destructeurs extraterrestres finiraient sans doute par passer par tous les endroits épargnés.

Margot, Véga et Edmond avaient réfléchi au moyen d'aller en Auvergne dans la maison de campagne de la famille. Au moins, ils n'auraient pas à craindre les effets polluants sur leur jardin des fumées noires issues d'usines incendiées qui avaient recouvert la région parisienne pendant des semaines. Le voyage semblait possible depuis que Philippe le commercial entre Paris et sa banlieue leur avait dit qu'à la campagne, il n'y avait pas d'hélicoptères Bijizés. D'autres voisins, envisageaient aussi de partir si la vie était trop difficile dans les abris ou la mine. Mais ces voisins partiraient plus tard. Ils ne seraient que trois à aller directement en Auvergne au lieu de déménager à proximité.

La famille prépara activement son voyage. Internet fonctionnait toujours. Margot imprima donc les plans de leur itinéraire pédestre. Les quelques voisins qui avaient tenté d'utiliser leurs voitures avaient été impitoyablement visés par des hélicoptères Bijizés. Pour ne pas être vus, Margot et ses enfants décidèrent donc de marcher au maximum dans les forêts en évitant largement la région parisienne. En interrogeant le prisonnier, Véga s'était aperçue, qu'il n'aimait pas plus les forêts que les mines car « elles étaient remplies de bêtes féroces ». En conséquence, ils traverseraient, tous les petits bois et forêts qu'ils pourraient trouver à proximité de leur itinéraire. Ce plan avait deux autres avantages : il permettrait de se ravitailler facilement en gibier, champignons et baies comestibles et il tromperait les détecteurs de chaleur des Bijizés. En effet, les feuilles, les plantes et les animaux émettent aussi de la chaleur et ils font concurrence à la chaleur émise par les humains. De plus, Véga savait, grâce au prisonnier, que les détecteurs de chaleur étaient extrêmement rares en dehors des grandes agglomérations.

En dehors des forêts, après quelques explorations prudentes, ils s'aperçurent qu'avec le manque de fréquentation et d'entretien, les plantes avaient beaucoup poussé au point de rendre les champs aussi impraticables qu'une jungle épaisse. Le manque d'entretien et d'utilisation depuis le début de l'invasion avait transformé ces champs et chemins en un fouillis inextricable d'herbes et de céréales. Ce genre de végétation tromperait également les détecteurs de chaleur, mais cela risquait de ralentir leur progression.

Le passage sur les routes était exclu car les voies bitumées étaient surveillées de près par les Bijizés ainsi que les véhicules à moteur. Chaque fois qu'un habitant du quartier s'était aventuré dans la rue, cette personne avait immédiatement attiré les engins volants des Bijizés et elle était morte. Pourtant cette rue desservait uniquement leur quartier. Si quelqu'un allait dans les jardins sans la protection de camouflage en feuillage, le délai était de plusieurs heures avant que les envahisseurs interviennent par les airs.

En portant des végétaux de camouflage, la famille décida de passer en forêt et sur les anciens chemins de terre au milieu des champs en friche. Sur ces chemins, la végétation avait poussé moins rapidement du fait du couvert des arbres et des pierres qui avaient stabilisé les voies pour les véhicules. Ils porteraient des gants pour plier les branches gênantes d'une manière naturelle. Il leur faudrait quand même se cacher dans l'espèce de jungle piquante des champs si des ennemis approchaient.

L'autre difficulté du voyage était les incendies qu'on voyait parfois éclater au loin. En effet, plus aucun pompier n'était là pour les éteindre. Si la campagne séchait au point de s'embraser toute entière au cours de l'été à venir, ils n'auraient pas de solution de survie. Ils prieraient pour ne pas être pris dans l'une de ces vagues de flammes…

Ils décidèrent de s'éloigner de la ville de Paris directement vers le Nord en passant par la forêt de Montmorency. Ensuite, ils bifurqueraient vers le sud en faisant un large détour par l'ouest.

Les habitants du quartier et les réfugiés provenant des villes détruites migrèrent vers des abris plus sûrs. Margot,

Edmond et Véga dirent au revoir aux voisins et débutèrent leur voyage.

— C'est bizarre, tout de même que les Bijizés ne cherchent pas les humains dans les forêts, dit Edmond pas très tranquille alors qu'ils marchaient tous les trois sur un chemin forestier sans précaution particulière.

— Pourtant, je t'assure qu'ils ne pensent même pas qu'on puisse y aller, répondit Véga. Lorsque j'en ait parlé à Ilsu, notre prisonnier, il a cru que je voulais l'envoyer en forêt pour lui faire peur et il a hurlé qu'il ne voulait pas toucher les plantes, que c'est empoisonné.

— Il m'a décrit une forêt qu'il avait approché par défi à moins de cinq mètres, continua-t-elle avec un sourire. D'après lui, des plantes vénéneuses au toucher poussaient entre les arbres et il savait que de gros animaux le chasseraient s'il s'avançait dans l'ombre des arbres.

— Pour les plantes vénéneuses, je ne sais pas, mais la forêt devait également comporter nombre d'animaux dangereux à l'époque préhistorique sur terre, fit remarquer Margot. En tout cas, de nos jours, c'est le terrain le plus sûr à la campagne parce que les Bijizés ne viendront pas nous y chercher. Donc, nous privilégions la forêt pour notre voyage.

Le premier jour, ils traversèrent la forêt de Montmorency, puis la forêt de Chantilly. Ils décidèrent de camper à l'abri de cette dernière forêt pour la nuit car ensuite l'itinéraire traversait une plaine pour une journée au moins.

Alors qu'ils dînaient de viande et légumes froids, un jeune homme brun-roux, à l'air énergique et au maintien militaire s'approcha d'eux. En vertu du principe qui disait que tout étranger humain ou non était hostile, ils se saisirent de l'arc et des coutelas qu'ils avaient emportés comme armes. Mais le jeune homme leva les mains en se tenant à distance.

— I'll do nothing ! I'll do nothing !

— Wh... What ?[2]

Margot se débrouillait très bien en anglais.

— Je ne vous ferai rien, dit-il en articulant soigneusement.

— OOOOk ! Qu'est-ce que vous voulez, continua Margot d'un ton brusque.

— Avez-vous de la nourriture, demanda l'inconnu comme s'il plaisantait.

— Non. Tu cherches, répondit abruptement Margot.

L'étranger sourit et retourna sur ses pas. Il revint avec un lapin qui venait visiblement d'être chassé. Margot et Véga sourirent largement

— Ok. Tu donnes le lapin et nous te donnons des repas.

— Ok !

L'étranger s'assit et se servit.

Tout en mangeant, ils décidèrent quoi faire du lapin. Finalement, ils convinrent que le mieux était d'aller le cuire dans le restaurant abandonné près des étangs de Commelle dans la forêt de Chantilly. Ainsi, la bête serait prête à être mangée tout en étant plus discrètement cuisinée qu'avec un feu en forêt car la cuisinière du restaurant ne ferait pas de fumée. Ensuite, ils reviendraient dormir dans la forêt où ils seraient plus en sécurité que dans une maison qui pouvait facilement être prise pour cible et qui n'avait pas de système d'alarme. Pour le début de leur voyage, la famille avait prévu de manger froid et de camper dans les forêts ou des maisons vides en prenant des tours de garde la nuit pour éviter l'intrusion de Bijizés ou d'humains hostiles.

Pendant qu'ils parlaient, le jeune homme souriait à Véga et lui faisait des clins d'œil. Véga observait le manège du jeune homme avec de moins en moins de méfiance. Elle

---

2　– Je ne ferai rien ! Je ne ferai rien !

　　– Qu... Quoi ?

perdait peu à peu sa mauvaise humeur habituelle, se surprenait à sourire et lissait sa superbe chevelure brune. Amusée, Margot observait cela avec une inquiétude toute maternelle. Elle proposa au jeune anglais de rester avec eux pour la nuit. Le jeune homme accepta avec reconnaissance.

— Quel est votre nom ? demanda Margot.

— Hardy. Je suis le duc de Kaily, répondit-il avec hésitation.

— Les enfants, nous avons un authentique duc parmi nous, sourit Margot.

Véga et Edmond ouvrirent des yeux ronds. L'étranger sourit aussi. Le duc Hardy était célèbre pour son immense fortune et pour ses loisirs Il organisait d'immenses parties de chasse au grand désespoir de certains défenseurs des animaux. Les journaux lui prêtaient également d'innombrables aventures amoureuses réelles ou supposées. Son père était un diplomate et négociateur respecté dans pratiquement tous les pays de la planète.

— Mais oui. Je suis le duc Hardy de Brittanie, dit-il. Je suis sûr que vous avez entendu parler de moi dans les tabloïds !

Le lendemain, ils continuèrent tous les quatre dans une plaine presque dépourvue de forêts en contournant par l'Ouest la métropole parisienne. Le duc les accompagna et ses talents de chasseur furent les bienvenus. Véga était de plus en plus séduite.

À un moment, Hardy se trouvait à quelques pas devant eux sur un chemin et il se plaqua vivement au sol. Les autres firent de même en se demandant ce qui se passait. Puis ils entendirent des voix de Bijizés pas très loin. Hardy revint vers la famille en rampant.

— C'est une ferme d'il y a deux milles ans, expliqua-t-il en parlant tout bas. Les maîtres Bijizés regardent et les « slaves », travaillent.

— Slaves ? dit Margot.

— Oui, des hommes que les maîtres achètent et vendent.

— Ah oui ! Les esclaves.

Puis un bruit de véhicule se fit entendre derrière leur groupe. Hardy désigna un semblant de petit chemin dans le fouillis de végétation qui les entourait et ils allèrent s'y cacher accroupis dans les broussailles. Le véhicule emmenait des Bijizés qui se dirigèrent vers la ferme.

Ils ne pouvaient rester à cet endroit très longtemps car ils finiraient par se faire repérer. Véga fit un bisou sur sa main dédié à Hardy. Hardy le lui rendit d'un air distrait.

— Nous ne pouvons pas continuer sur ce chemin, dit-il. Il a été fait par un animal et il ne va sans doute pas très loin. Et, nous sommes déjà trop près des esclaves.

— Plus exactement, nous sommes trop près des esclavagistes, dit Véga. Comment peut-on contourner cette horreur de ferme ?

— Si nous retournons sur le chemin principal, nous pourrons prendre un nouveau chemin qui s'éloigne de Paris, dit Hardy. Nous y serons en sécurité parce que la voiture des Bijizés venait de Paris.

— Je n'ai pas totalement compris, dit Margot en faisant une moue perplexe. Mais peu importe. Nous n'avons pas le temps. Passe devant Hardy. Nous te suivons.

Le lendemain, ils rencontrèrent d'autres villages réduits en esclavage où de larges portions de terrain étaient cultivées. Les sens affinés de Hardy par la vie militaire faisaient merveille pour trouver un contournement de ces villages. Il ne paraissait pas décidé à les quitter à la satisfaction de tous.

De ce côté de Paris, la campagne n'était qu'une immense plaine qui ressemblait maintenant à une mer de mauvaises herbes sèches qui montaient presque à hauteur d'yeux. Cette mer semblait infinie et Margot savait que c'était quasiment vrai. En réalité, la grande plaine s'étendait sur des centaines de kilomètres à l'ouest et elle était autrefois plantée de céréales.

Ils s'aperçurent que leurs prières concernant les incendies avaient été entendues. Ainsi, alors que leur groupe venait de dépasser une ferme esclavagiste, ils virent qu'un incendie se dirigeait vers l'établissement. Alors que les flammes étaient à quelques dizaines de kilomètres dans la plaine, des engins volants Bijizés se dirigèrent vers le brasier et l'aspergèrent de quelque chose qui le fit s'éteindre presque instantanément. Chacun soupira de soulagement. Hardy et Véga échangèrent des bisous sur la main car ils n'avaient pas pensé à le faire avant tellement ils étaient crispés.

7.
Incendie

France, Sud de Paris, Hardy, Margot, Véga et Edmond

Le voyage de Margot, Véga, Edmond se poursuivait. Une semaine plus tard, ils étaient proches de la Loire. Le duc était toujours avec eux. Tous rêvaient à une voiture qui leur aurait permis de faire le voyage en une journée, mais ce n'était pas une bonne idée. Ils étaient maintenant sûrs que les Bijizés avaient des détecteurs spécialement pour cela. Une voiture humaine qu'ils virent rouler fut explosée sous leurs yeux par un tireur extraterrestre, tandis que les Bijizés ne semblaient pas concevoir qu'on put voyager à pied car ils ne détectèrent jamais la famille de Margot.

— J'ai toujours rêvé de voyager en tracteur, bougonna Edmond un jour.

— Et moi en moto, dit Hardy.

— Hardy fait ce qu'il veut, mais je t'interdis de démarrer un tracteur, dit fermement Margot. Je pense que les Bijizés exploseront ton tracteur aussi bien que les voitures.

— Et moi je ne suis pas stupide. Je ne vais pas prendre une moto, dit Hardy en souriant.

— Ça va maman ! C'était seulement un rêve, protesta Edmond.

— Je ne voudrais pas te perdre bêtement parce que tu auras voulu aller plus vite en moto, dit Véga à Hardy.

— Je n'ai pas pensé à parler au prisonnier des voitures, des tracteurs ou des motos, reprit-elle en s'adressant à tous. Par contre, je sais qu'ils ont bien des détecteurs de chaleurs et que beaucoup de détecteurs sont dans des drones automatiques qui explosent tout ce qui est trop chaud. Par contre, je n'ai pas compris pourquoi ces drones ne les attaquaient pas eux-mêmes lorsqu'ils venaient dans notre quartier.

En ce bel été, Véga se sentait comme au printemps. Devant ses yeux, elle voyait une étendue de fleurs éclatantes et parfumées, plutôt que les plantes desséchées et les ronces qu'ils traversaient. Elle avait du mal à s'empêcher de sautiller plutôt que de marcher en regardant avec méfiance autour d'elle dans la campagne rendue dangereuse par la présence des Bijizés.

Un nouvel espoir se levait en elle lorsqu'elle songeait à Hardy bien qu'il n'ait fait que flirter avec elle.

— C'est un duc. Il pourra nous débarrasser des envahisseurs, pensait-elle aussi excessive dans cet espoir que dans ses désirs de vengeance. Il deviendra notre héros et il sera Président de la République.

Margot voyait bien ce qui se passait et elle essayait de faire revenir Véga à la réalité. Le jeune homme traitait Véga comme une petite chose fragile et il semblait ravi de ce flirt, mais il ne semblait pas véritablement épris. Margot pensait que pour Hardy, cette liaison n'était que passagère et elle s'inquiétait pour la suite.

Cependant, elle se réjouissait aussi du changement de caractère de Véga que Hardy avait provoqué. Elle était plus posée, moins encline à la violence, moins casse-cou. Elle réfléchissait plus avant d'agir et ses actions étaient ainsi plus judicieuses.

Ce jour-là, ils se dirigeaient vers la forêt de Rambarnet, ensuite ils avaient prévu d'aller bien au large à l'est de la ville d'Orléans pour viser la Solugne. Ils rêvaient tous à la Solugne. En effet, cela avait toujours été une grande forêt sauvage.

Cela signifiait qu'elle était plus sûre actuellement. La forêt était réputée pour son gibier abondant depuis l'époque des rois de France. Le groupe se disait que le climat y serait plus clément que dans la montagne en Auvergne. S'ils y trouvaient un logement, s'y établir était donc une option.

Avec les détours nécessaires pour leur sécurité, ils mirent encore une journée avant d'apercevoir de très loin dans la plaine le village de Chatauneuf sur Loire, le but qu'ils s'étaient fixés pour traverser la Loire et pénétrer en Solugne. Le duc était toujours avec eux, toujours aussi efficace pour prévenir des dangers et toujours aussi prévenant avec Véga.

Soudain, la jeune fille se retourna en humant le vent.

— On dirait de la fumée derrière nous, dit-elle.

— Ou c'est des nuages ? dit Margot en reniflant elle-aussi.

— Je monte sur cet arbre pour voir, dit impulsivement Edmond en désignant un arbre plus gros que les autres dans le verger qu'ils étaient en train de traverser.

— Attends un peu jeune homme avant de faire une grosse bêtise ! s'exclama Margot. Il faut que tu mettes une meilleure tenue de camouflage pour que les Bijizés ne te voient pas.

Lorsque sa tenue eut été badigeonnée de terre et que l'on eut ajouté quelques branches, Edmond put grimper. Ce qu'il vit, continuait d'être leur hantise : un grand feu avançait dans la plaine. Pour l'instant, l'incendie paraissait encore très loin près de la grande ville d'Orléans.

— Nous allons continuer à avancer pour aller vers la Loire, pour être près de son eau, décida Hardy. À la première personne que nous verrons, nous demanderons la distance entre le feu et nous.

Ainsi, à la mi-journée, alors que le feu s'était un peu rapproché, ils rencontrèrent un homme qui chargeait une antique charrette tirée par des chevaux avec les biens de sa famille.

— Vous partez ? lui demanda Margot.

— Je me prépare à partir si l'incendie se rapproche.

— Il est à combien de kilomètres ?

— Je dirais vingt à peu près. Le vent va vers l'est. Nous irons vers le sud. Le feu va donc vite vers l'est, moins vers le sud. Pour aller vers le sud, le brasier va s'étendre sur le côté, mais ça va mettre du temps pour arriver jusqu'à nous. Par contre, avec les troubles qu'il y a et la sécheresse, le feu ne va pas s'arrêter facilement. Il faut prier pour qu'il pleuve très vite ! dit l'homme à la charrette en faisant le signe de croix suivi par ses interlocuteurs.

— De toute façon, je crois que vous ne pourrez pas aller très loin avec votre remorque, dit Hardy en montrant la charrette. Les envahisseurs vous attraperont avant.

— Quoi ? fit l'homme en fronçant les sourcils.

Hardy parlait de mieux en mieux le français, mais son accent était toujours très fort.

— Ah oui ! Ma charrette ! répondit-il. Si je vois qu'ils vont m'attraper, je vais l'emmener au milieu d'un étang, libérer les chevaux et continuer à pied. Ce serait plus sage je crois.

— Oui, dit Hardy.

Leur groupe continua à pied en prenant congé de l'inconnu.

Le soir venu, ils voyaient à environ dix kilomètres une grande ligne d'arbres et le bourg de Chatauneuf sur Loire de l'autre côté du fleuve. Autrefois, ils auraient pu l'atteindre par un pont, mais maintenant, ce pont était gardé par des Bijizés. L'incendie semblait progresser presque au même rythme qu'eux dans leur direction car le vent avait viré vers le sud-est. Ce qui voulais dire qu'ils n'avaient pas une nuit de repos avant que la fournaise ne les rattrape dans les herbes sèches.

— Nous sommes tous fatigués, dit Margot.

— Je propose qu'on s'arrête, dit Hardy. Nous mangerons froid rapidement et vous vous reposerez quelques heures pendant que je monterai la garde en surveillant l'incendie autant que les Bijizés et les étrangers. Je pense que lorsque nous repartirons, l'incendie aura parcouru la moitié de la distance jusqu'à nous. Nous aurons donc largement le temps d'atteindre le fleuve. En nous reposant maintenant, nous pourrons repartir de nuit. Ainsi, nous serons invisibles pour le garde du pont de Chatauneuf si nous n'allumons pas de lumière.

Le groupe adopta la stratégie de Hardy.

Avant minuit Hardy réveilla toute la famille. Avec le froid de la nuit, les vents avaient tourné vers le sud et les flammes se trouvaient à moins de dix kilomètres. Il fallait repartir. Autour d'eux, ils commençaient à voir les animaux s'enfuir. Mais ce n'était pas encore la panique. Ils marchèrent toute la nuit. Au matin, ils arrivèrent dans un secteur marécageux à côté de Chatauneuf sur Loire. Ils continuèrent à marcher jusqu'au fleuve sur les parties les plus fermes du sol. Le soleil montait dans le ciel et l'atmosphère se réchauffait. Au cours de la matinée, le vent vira de nouveau vers l'est avant que les flammes n'atteignent le fleuve. Le groupe était sauf. Cependant, il fallait trouver un moyen de traverser rapidement et discrètement ce cours d'eau car malgré la présence de zones marécageuses, ils étaient sans doute toujours en sursis du brasier pour les nuits suivantes.

— Quelqu'un connaîtrait un gué sur ce fleuve ? demanda Hardy.

— Non, répondit Margot. La mauvaise nouvelle est que ce fleuve est réputé pour ses tourbillons et ses sables mouvants.

Ils regardèrent le pont de Chatauneuf de loin avec envie. Il était impossible de le traverser. Même s'il paraissait vide, il était sûrement surveillé. La petite ville alentour paraissait intacte bien que sale. C'était suspect. Sans doute les Bijizés s'y étaient-ils installés. Dans ce cas, ils avaient fait entretenir certaines maisons par des esclaves humains.

— Nous allons nous arrêter pour trouver un moyen de traverser le fleuve en sécurité, décida Hardy. Nous pourrions fabriquer un bateau avec des branches ?

— Ça paraît difficile d'assembler les branches sans faire de bruit, objecta Margot. Nous ferions aussi du bruit en mettant l'engin à l'eau. Je suggère de voler une barque amarrée à cette rive.

— Je n'osais pas parler de quelque chose d'aussi malhonnête, dit Hardy en souriant. Mais avant de la voler, il faut trouver la barque.

8.
La Loire

France, région de Solugne

En route vers l'Auvergne, Margot, Hardy, Véga et Edmond campèrent dans un buisson à proximité de la petite ville de Chatauneuf sans faire de feu. Au cours de la longue soirée d'été et au cours de la matinée du lendemain, ils ne virent personnes excepté une compagnie de Bijizés. Ce qui les incita à bouger.

En se basant sur leur carte, ils décidèrent de remonter le fleuve vers une zone où les berges seraient moins fréquentées et plus boisées. Ce faisant, ils contournèrent une zone vide du moindre brin d'herbe ou buisson que les Bijizés gardaient en la faisant défricher par des esclaves humains. À cette occasion, l'apprentissage de la langue montra son utilité car, en surprenant une conversation, Véga compris avec consternation qu'ils avaient l'intention de faire cela sur de grandes parcelles forestières pour en chasser les « bêtes féroces » ! Ensuite, ils comptaient mettre les parcelles en culture. Ils se dirent alors que la Solugne ne pouvait être qu'une solution temporaire car ils savaient que la forêt y était plate comme la main : impossible de se cacher si on en coupait tous les arbres.

Au bord de la Loire dans un secteur boisé, une bonne et une mauvaise surprise les attendaient. Une barque se trouvait de leur côté, mais elle était amarrée de l'autre côté du fleuve par une longue corde tenue par une bande de types armés, patibulaires et à l'air militaire.

— Si nous traversons, ils nous prendront tout ! prévint Hardy.

— Nous pourrions les menacer avec ton pistolet ! dit Véga.

Elle avait découvert qu'il avait un pistolet et eux-mêmes avaient emmené le fusil du Bijizé tué à l'arc par Margot lorsque les extraterrestres étaient arrivés dans leur quartier de région parisienne.

— Prenons la barque et abordons ailleurs, proposa Edmond.

— Ou alors négocions et traversons ailleurs, dit Margot après un temps de réflexion. Ce sera trop difficile de leur prendre la barque sans alerter les Bijizés.

Le groupe décida de négocier pour voir. Margot sortit une feuille et écrivit : « Le passage contre 0,5 kg de sucre ». Les faux soldats sortirent un carton où il était écrit : « 10 kg ». Les négociations continuèrent jusqu'à arriver à trois kilos pour le lendemain.

— On pourrait passer le fleuve cette nuit ou tôt le matin pendant qu'ils dorment, dit Margot alors que leur groupe s'éloignait du fleuve pour passer la nuit.

— Et risquer un tir de fusil qui avertira les ennemis ? répliqua Hardy.

— J'ai aussi le mien. Et on aborderait plus loin.

— Et si les bandits nous suivent et sont là quand nous arrivons ? Croyez-en mon expérience, il faut traverser sans bruit, dit Hardy.

— Tu crois que ce sera mieux plus loin ? Je crois qu'il n'y a pas beaucoup de gens qui habitent plus loin. Par conséquent, il n'y aura pas de barque.

Après mûre réflexion, le groupe convint d'essayer de voler la barque si les bandits partaient pour dormir dans la nuit. Les trois adultes se relaieraient de toute façon pour prendre des quarts et surveilleraient l'autre rive en même temps.

Au cours de la nuit, la chance leur sourit et leur donna le moyen de traverser le fleuve. Lors du tour de garde de Véga, celle-ci entendit les officiers Bijizés de Chatauneuf crier très fort des ordres qui disaient de « fouiller les bords de la rivière ». Elle réveilla ses compagnons en écoutant le remue-ménage sur l'autre rive. Apparemment, les bandits avaient laissé échapper la corde par lequel ils retenaient la barque. Lorsqu'elle expliqua la situation à Hardy, il réagit en récupérant la corde visible dans la pénombre des lumières du village de Chatauneuf et en guidant la barque dans un ruisseau affluent du fleuve.

— Et surtout, ne dites rien aux bandits. Vous alerteriez les Bijizés ! dit-il.

Ensuite, ce fut une course le long du ruisseau affluent du fleuve en tirant désespérément la barque en plastique qui se bloquait dans les buissons. Pour finir, ils l'attachèrent à un arbre et allèrent se cacher dans un bosquet bien épais à bonne distance du ruisseau et à plusieurs kilomètres du fleuve. Ils écoutèrent les bandits se faire tuer en essayant bruyamment de traverser à la nage pour récupérer la barque. Pour patrouiller, les Bijizés étaient en bateau à moteur, ils avançaient lentement et, de temps en temps, ils s'aventuraient sur les berges. Heureusement, trop occupés par les bandits, ils ne virent pas leur groupe, et ils attribuèrent aux bandits les traces laissées par le groupe. Il n'y eut pas d'hélicoptère, une des hantises de chacun.

Le jour se leva. Ils mangèrent et dormirent par intermittence toute la matinée.

— Nous n'allons pas traverser avec la barque là où nous l'avons trouvée, décida Hardy au repas de midi. Après ce qui s'est passé cette nuit, les Bijizés vont être plus vigilants à cet endroit. Je vais chercher un autre endroit propice sur la carte.

La carte montrait que plus loin, les bords du fleuve s'émiettaient en de nombreux étangs reliés par des canaux et ruisseaux. Ils gardèrent donc la barque pour l'amener quelques kilomètres plus loin et traverser. L'incendie de la plaine n'était plus vraiment une préoccupation car toute la zone marécageuse paraissait assez humide pour arrêter les flammes. Et, de plus, les Bijizés allaient certainement protéger leur ferme si le brasier devait arriver jusqu'à elle. Tout l'après-midi et la soirée, ils avancèrent donc à marche forcée en navigant, en marchant dans l'eau ou en portant la barque pour être à temps à l'endroit repéré. En effet, au vu des événements de la nuit précédente, ils voulaient traverser en début de nuit avant le passage d'une patrouille ennemie.

À minuit, ils voyaient la forêt de Solugne depuis le rivage où ils souhaitaient traverser. Cette forêt avait l'air plus sauvage que les forêts de la région parisienne. Les arbres, majoritairement des bouleaux y avaient l'air comme échevelés, tandis que les forêts qu'ils avaient vues jusque-là gardaient, de loin, un aspect soigné. Ils venaient de passer une semaine à ronchonner parce que l'intérieur de ces forêts mieux apprêtées était devenu une véritable forêt vierge et ils se demandaient si ce serait possible de circuler dans un endroit aussi sauvage que la Solugne.

Malgré leurs doutes sur ce qu'ils trouveraient sur l'autre rive, il fallait continuer.

— Je suppose que c'est la meilleure route car les Bijizés n'y vont pas sans doute, dit Hardy. De plus, nous pourrons faire un peu de bruit car nous sommes loin de Chatauneuf.

Toute la famille approuva vigoureusement.

Il restait à traverser le fleuve. Trop excités par cette partie dangereuse de leur voyage, aucun membre du groupe n'avait pu dormir en début de nuit. Cette fois, Véga et Hardy échangèrent un vrai bisou avant de monter dans la barque. Ils traversèrent le fleuve juste après minuit comme prévu. De l'autre côté, ils se dépêchèrent de remonter l'embarcation sur la berge et de la dissimuler dans les fourrés bordant la forêt. Hardy se chargea ensuite de donner un air naturel à la végétation inévitablement dérangée par l'opération. Pour finir, ils se dépêchèrent d'entrer dans la forêt car le courant au milieu du fleuve les avait entraînés très près de là où les bandits avaient été capturés ou tués. D'ailleurs, sitôt la traversée achevée et leurs traces effacées, ils entendirent le bateau à moteur des Bijizés. Pour échapper à leurs projecteurs, ils coururent à perdre haleine, droit devant eux et se tapirent sous des buissons. La forêt n'était pas plus dense que les autres une fois qu'on en avait passé la lisière.

Étant bien cachés et exténué, le groupe s'endormit dans le fourré où il s'était caché en se relayant pour veiller assis dans les buissons. Margot les réveilla l'index sur la bouche en milieu de matinée.

— Ils ne nous ont pas vus mais je crois qu'ils sont des nôtres, murmura-t-elle.

Les personnes se tenaient toutes les deux debout et semblaient se raconter des mots doux... En y regardant de plus près, ils étaient plutôt en train d'essayer de construire maladroitement une cabane. Lui était vêtu de sombre et avait une coiffure remarquable avec la masse des cheveux sombres en forme de virgule sur le dessus de sa tête. Cela ne paraissait pas être la grande forme car il avait les yeux battus et une barbe de trois jours. Elle, l'air épuisé elle-aussi, avait les yeux levés vers lui dans une posture d'adoration. Avec son pantalon de survêtement et sa veste, sa tenue était faussement négligée car ses boucles d'oreilles et ses longs cheveux noirs bien lissés montraient qu'elle prenait bien soin d'elle-même.

— Je vais aller voir discrètement, murmura Hardy.

Il s'avança en rampant et, tout à coup, se mit debout en s'avançant les mains en évidence.

— Ne vous mettez pas encore debout ! jeta Margot à ses enfants. Attendez de voir comment ils vont réagir.

En voyant Hardy, l'homme toucha le poignard pendu à sa ceinture.

— Qu'est-ce que vous voulez ? aboya-t-il.

— On vous voit de la rivière. Vous savez que les extraterrestres viennent souvent ici ? répondit Hardy.

— On ne savait pas. On va aller plus loin, dit l'homme négligemment. Toi aussi, tu cherches une maison ici ? Il y a une chose dont je suis sûr, c'est que tout seul ce n'est pas la bonne méthode.

— Je ne suis pas seul. Mais venez. Nous pourrons en discuter avec ma famille.

Alors que Hardy revenait vers eux avec le couple, Margot reconnut cette femme petite et menue avec de longs cheveux noirs : c'était Nathalie sa collègue de travail la plus sophistiquée qui était bien négligée par rapport à d'habitude !

Mais l'attention de Margot fut bientôt détournée par les présentations de Hardy.

— Edmond, Véga et... Margot mon amie.

— Salut Margot ! Tu n'es pas gênée de me revoir au moins ? répondit Nathalie devant son air crispé.

— No...oon ! Non !

— Nous étions collègues, expliqua Nathalie à la ronde.

— Et comment vous appelez-vous ? demanda Véga.

— Ah oui ! Je suis Nathalie et c'est mon ami, Laurent.

Ensuite, ils discutèrent et convinrent de passer la nuit suivante ensemble. Tout le monde s'entendait bien. Le seul malaise concernait la bourde de Hardy. À un moment, Margot le prit à part.

— Comment comptes-tu t'y prendre cette nuit quand Nathalie et Laurent s'attendront à ce que nous couchions ensemble ? demanda-t-elle à Hardy qui n'avait visiblement pas pensé à ça.

— Ne t'inquiètes pas ! répondit-il après un temps de réflexion. Il y aura des tours de garde. Nous arriverons à faire semblant.

— Autre chose. Je veux que tu expliques à Véga pourquoi tu ne t'intéresse plus à elle.

— Mais ce n'est pas vrai !

— Eh bien ! Je pense qu'elle vendra bientôt la mèche concernant votre flirt. En tout cas, moi je ne suis pas intéressée.

Nathalie et Laurent allèrent chercher leurs affaires. Pendant ce temps-là, Hardy et Véga eurent une explication houleuse. Puis, tous les six s'éloignèrent du fleuve pour installer un campement. Ce jour-là, ils ne firent rien d'autre que manger, cueillir quelques fraises et construire une cabane étanche avec le matériel des uns et des autres. Le temps était pluvieux et tout le monde était d'accord pour dire qu'on dormait mieux dans une cabane avec cette météo. Épuisés par leurs activités de la nuit précédente, les deux groupes n'aspiraient qu'au repos. En effet, Nathalie et Laurent venaient de s'échapper d'une ferme d'esclavage. Et la famille de Margot n'avait pu dormir qu'au petit matin après la traversée du fleuve.

Nathalie et Laurent vivaient depuis un moment en Solugne. Ils y étaient venus en voiture avec la ferme intention de s'y installer alors que les extraterrestres étaient en train d'atterrir. Ils étaient très amers à propos de ce qu'était devenue la vie dans la forêt.

— Les habitants de Solugne ont bien accueilli les réfugiés au début, raconta Nathalie. Les gîtes étaient parfois gratuits.

Puis de vrais gangsters sont venus. Ils ont probablement pris modèle sur les envahisseurs parce qu'ils ont quasiment asservis tous les habitants originaires de Solugne.

— Et en plus, renchérit Laurent, ces brigands se plaignent de ne pas avoir reçu d'aide ! Vous imaginez ça ! Avec tous ces gens qui sont dans une situation difficile, ce n'est pas croyable.

En fait, les conditions de Solugne étaient quasiment idylliques par rapport à la région parisienne car les Bijizés n'entraient jamais dans la forêt. Comme beaucoup d'autres réfugiés, Nathalie et Laurent s'obstinaient à essayer de s'y installer.

Tous les deux avaient longtemps cru que la chance ne leur souriait pas car ils ne trouvaient aucun logement permanent accessible. À leur arrivée en Solugne, ils logeaient dans des gîtes en cherchant mollement autre chose. Depuis, ils avaient l'impression d'avoir raté quelque chose à cette époque sans bandits. Encore maintenant ils n'abandonnaient pas l'espoir de trouver un logement malgré les difficultés qui s'accumulaient. Quand Margot leur parla de leur situation désespérée en région parisienne, Nathalie crut à une blague.

— Tu as toujours été fine pour avoir ce que tu voulais ! Mais tu ne me feras pas abandonner en me racontant que c'est impossible de trouver une maison parce qu'il y a trop de réfugiés !

Son compagnon parut dubitatif mais il ne contesta pas son analyse.

Au moment de se coucher, le couple fut sincèrement étonné quand Hardy proposa de prendre la première garde.

— Ce n'est pas nécessaire, je t'assure, dit Nathalie. Tu ne veux pas coucher avec ta femme ?

— Ils vivent vraiment dans un autre univers en Solugne, murmura Margot à Edmond.

— Si, si, il faut monter la garde, insista Hardy. Il faut toujours surveiller. Cela nous a plusieurs fois sauvé la vie.

Ils finirent par organiser des tours de garde en laissant Nathalie et Laurent faire le début de nuit quand les Bijizé étaient les moins actifs. Hardy commencerait et Véga puis Margot termineraient la nuit.

9.
Solugne

France, Solugne et vers l'Auvergne

Le lendemain matin, ils étaient tous encore si fatigués qu'ils décidèrent de passer encore une nuit dans la cabane. Ils en profitèrent pour cueillir des fraises, des champignons, des asperges et Hardy attrapa un lapin assisté d'Edmond. Nathalie et Hardy avaient de nouveau entendu les Bijizés patrouiller la nuit sur le fleuve. C'est pourquoi le groupe décida de s'enfoncer plus profondément dans la forêt pour faire du feu et cuire le lapin.

Au cours de la journée, Nathalie et Laurent racontèrent leur capture. Après une tentative stupide de baignade dans la Loire, ils avaient été emmenés dans une ferme d'esclavage différente de celle que le groupe de Margot avait vu. Le travail effectué dans cette ferme était vraiment dur. En effet, les Bijizés ne donnaient aucun outil à leurs esclaves et ils les poussaient dans leurs plus extrêmes limites pour défricher la forêt. D'après Nathalie, ils ne semblaient même pas connaître bon nombre d'instruments courants de jardinage. De plus, les gens n'avaient généralement plus l'habitude de travailler physiquement depuis plusieurs générations. Par conséquent, les esclaves humains n'avançaient pas très vite, cela énervait les Bijizés et cet énervement provoquait encore plus de mauvais traitements.

— Votre semaine d'esclavage ne vous a pas dégoûtés de la Solugne ? demanda Margot à Nathalie dans la soirée.

— Un peu, répondit Nathalie. Mais malgré l'esclavage, je pense que c'est l'endroit le plus sûr pour habiter depuis qu'il y des extraterrestres en région parisienne.

— Nous, nous pensons que les extraterrestres vont défricher toute la forêt, que c'est pour ça qu'il y a autant de fermes d'esclaves ici.

Les visages de Nathalie et Laurent se fermèrent.

— Vous pensez qu'il faut partir maintenant ? dit-elle avec une note désespérée dans la voix.

— Je pense que nous avons encore un peu de temps, mais ce n'est peut-être pas la peine de vous donner tant de mal pour trouver un logement, répondit Hardy.

— Ce serait beaucoup plus facile à six, intervint Laurent. Lorsque nous arrivons à deux dans un endroit occupé par des squatters, ils ne sont pas impressionnés et nous sommes obligés de partir. Les propriétaires sont impuissants à les chasser pour installer des locataires réguliers.

— S'il s'agit juste d'impressionner, nous pouvons y aller avec vous, répondit Hardy. Si nous pensons être en mesure de combattre les Bijizés dans quelques temps, nous devrions faire fuir ces squatters aisément.

Margot et ses enfants approuvèrent de la tête.

— Vous avez quelque chose en vue pour six, demanda Véga.

— En fait, tous les logements que nous avions trouvés de ce côté de la forêt sont maintenant occupés légalement, mais il en reste d'autres dans le sud de la Sologne, dit Nathalie d'une voix lasse.

— Voici comment nous allons procéder, dit Hardy. Vous deux, vous descendrez vers le sud par l'ouest de la forêt en cherchant un logement. Nous ferons de même par l'est. Et nous nous donnerons rendez-vous dans un village quelques part au sud pour faire le bilan.

— Nous pourrions avoir rendez-vous à Nuvy, dit Nathalie. Il y a un camping qui était encore utilisable la dernière fois que nous y sommes passés. Ce serait sympa.

— Quels chemins forestiers pouvons-nous suivre pour aller vers le sud ?

— Oh ! Ne vous inquiétez pas. Prenez les routes. Les envahisseurs n'y vont jamais.

— Ok, dit Hardy. Faisons comme ça.

Le lendemain, Hardy, Véga, Margot et Edmond avançaient vers le sud dans la forêt depuis plusieurs heures. Ils étaient sur un chemin dégagé par les nombreux passages de réfugiés en Solugne.

Ce ne fut pas des retrouvailles amoureuses entre Véga et Hardy. La jeune fille bouda et ne parla à son ami que lorsque c'était le plus indispensable. Le jeune homme en paraissait contrarié, mais s'efforçait de le cacher. Margot entama la conversation sur un sujet qui lui trottait dans la tête depuis quelques temps.

— Qu'est-ce que vous aimeriez comme monde si les Bijizés partent, demanda-t-elle.

— Je crois que même s'ils partaient, notre environnement ne serait plus jamais comme avant, dit Hardy qui commençait à bien connaître Margot.

— Moi je voudrais un nouveau système d'approvisionnement, plus local, moins consommateur de ressources, approuva Margot avec ferveur.

— Moi, je voudrais une justice qui condamne les Bijizés, dit Véga passionnément.

— C'est une bonne idée la condamnation des extraterrestres, dit Hardy. Je voudrais également un système avec une armée forte, dit Hardy.

Ils s'efforcèrent d'imaginer un monde qui remplirait ces conditions pour l'Europe. Ce fut leur grand sujet de conversation pendant les longues marches qui ponctuèrent la fin de leur voyage.

Hardy et Véga s'aperçurent qu'ils étaient en accord sur leurs aspirations. Ces conversations leur permirent de garder espoir et d'entreprendre avec un état d'esprit positif par la suite.

Sur les chemins bien dégagés de Solugne, le groupe avançait à bonne allure. Pendant quelques jours, ils ne virent personne parce que cette portion de chemin ne recelait que peu de maisons, supposaient-ils. Mais ils en eurent bientôt la vraie raison. Depuis quelques temps, ils voyaient une lueur comme s'il y avait une grande clairière devant. Bientôt, ce fut la mauvaise surprise parce que la lueur était le reflet du soleil sur un étang jadis traversé par un pont, aujourd'hui brisé. Le chemin qu'ils avaient emprunté jusque-là passait par ce pont et n'allait nulle part ailleurs. Découragés pour la journée, ils s'arrêtèrent pour camper. Ils mirent toute la journée du lendemain pour contourner cet étang malvenu en franchissant des ruisseaux encore bien remplis malgré la canicule estivale.

Pendant leurs conversations sur le monde d'après, Margot n'était pas très optimiste contrairement à Véga et à Hardy.

— Je ne sais pas ce que nous allons devenir, leur confia-t-elle. Il est impossible de vaincre les Bijizés et si les bandits s'y mettent, comme lorsque nous avons traversé…

— Je ne dirais pas que c'est impossible, commença Hardy. Nous pouvons tous trouver des exemples de groupes vainqueurs avec des moyens considérablement plus réduit que leurs agresseurs. Instinctivement, nous avons tendance à raisonner en opposition frontale, mais il y a d'autres formes de combat. Maintenant, si les politiques n'avaient pas réduit les budgets des armées à leur plus simple expression dans beaucoup de pays, nous aurions plus de matériel et de gens compétents pour cela. J'étais dans une école militaire et nous n'avions aucun matériel pour nous entraîner.

— Tu étais dans une école militaire avant l'invasion ? se fit confirmer Véga.

— Oui

— Tu pourrais nous aider à reconquérir la France, continua Véga, toute excitée.

— Oh ! Tu sais, j'étais en première année, je ne connais pas grand-chose.

— En tout cas, tu t'y connais mieux que nous. Je suis sûre que tu pourrais faire quelque chose, dit Margot. Nous avons essayé de combattre pour notre survie en région Parisienne, nous n'y connaissions pas grand-chose, mais nous avons eu quelques succès, alors nous aurions pu faire quelque chose de grand si nous avions eu quelqu'un qui s'y connaissait.

— Vraiment ? Vous avez déjà combattu les extraterrestres ? Racontez-moi, demanda Hardy avec intérêt.

Véga et Margot lui racontèrent ce qu'elles avaient fait avec les autres habitants de leur quartier.

— Ce n'était pas grand-chose, mais cela nous a permis de survivre jusqu'à notre départ pour l'Auvergne, conclut Véga avec animation.

— C'est super, s'exclama Hardy plus confiant. Je n'avais encore jamais rencontré de personnes qui avaient combattu les envahisseurs et en avaient capturé un. Je pourrais monter un groupe de résistance plus efficace que je le pensais quand nous serons arrivés. Ce serait un bon début.

— Avec tout cela, je serai peut-être général plus vite que je le pensais, dit-il en plaisantant.

Les autres étaient tellement regonflés par ses propos qu'ils ne perçurent pas de plaisanterie.

— Plus tôt tu seras général, mieux ce sera, lui répondit Véga.

Cette conversation rapprocha Hardy de Véga et sa famille.

Une situation contrariante peut parfois provoquer une bonne surprise et c'est ce qui arriva pendant le détour que fit le groupe pour contourner la zone du pont cassé. La maison devait être très isolée en dehors de toute route, même avant l'invasion. Ils ne la virent que lorsqu'ils ne furent qu'à quelques mètres de son mur qui longeait le chemin qu'ils suivaient. Le bâtiment paraissait inoccupé car les volets étaient fermés et le jardin en jachère. L'endroit était bien situé avec un petit terrain à cultiver, à côté d'un étang poissonneux et il était sûr car situé au milieu de la forêt sans route pour y accéder. Ils décidèrent de proposer à Nathalie et Laurent de s'y installer.

Ils marchèrent vers Nuvy d'un pas revigoré par cette heureuse perspective. Malgré le retard dû au pont manquant, ils arrivèrent avant Nathalie et Laurent. À Nuvy, toutes les maisons semblaient abandonnées. Volets fermés et ouvertures obstruées avec des planches, rues, jardins désertés et vaches divagantes donnaient à l'endroit une immense impression de solitude. Mais quand Edmond s'approcha d'une des maisons, il sursauta.

— Éloigne-toi ou il t'en cuira ! lui ordonna une voix qui sortait de nulle part.

Dès lors, chacun observa les ouvertures. Et l'on vit dans presque chaque interstice laissé par les volets en mauvais état la bouche noire du canon d'un fusil. Nathalie n'avait pas menti : les brigands occupaient chaque village et, sans doute, presque chaque maison sans partager.

— Peut-être, que la maison que nous avons trouvée est aussi abandonnée que celles de Nuvy, dit Véga avec découragement.

— Pas possible, dit Edmond. Je me suis approché des volets aussi près qu'à Nuvy et personne ne m'a demandé de partir.

— Oui, nous nous en sommes tous approchés pour regarder, approuva Hardy. Je pense que la maison de la forêt est toujours valable.

Ils suivirent une pancarte « CAMPING » pour trouver le lieu du rendez-vous. Nathalie et Laurent n'étaient pas encore là. Par contre, contrairement au village, le camping était encore habitable et accueillant. L'unique habitant du lieu était son propriétaire. Il y avait tous les équipements d'un camping basique en état de marche : salle polyvalente avec électricité, machine à laver, lavabos et douches. C'était tellement inattendu qu'ils en rirent quand ils virent les affichettes : « Il est interdit de partir sans payer ! » C'était un agréable retour au bon temps d'avant.

Deux jours plus tard, les retrouvailles avec Nathalie et Laurent furent chaotiques car tout le monde parlait en même temps. L'autre groupe s'était rapprochés de plusieurs maisons à louer d'après les propriétaires, mais ils avaient essuyé des tirs sans être touchés à chaque tentative. Ils étaient très découragés et ne voyaient pas de fin à leur quête.

— Nous vous avons peut-être trouvé quelque chose, annonça Hardy. Si vous voulez bien nous suivre !

Le lendemain, lorsqu'ils arrivèrent à la maison de la forêt, tout était comme avant. Sauf que lorsque Hardy approcha des volets fermés de la maison, il entendit des voix. Cependant, ce n'était pas les voix de gens qui leurs ordonnaient de déguerpir, c'était la voix d'une famille conversant dans l'intimité.

Hardy mit le doigt sur la bouche pour ordonner aux autres de ne pas faire de bruit. Puis, plus loin, ils décidèrent que faire. Quelques instants plus tard, ils entrèrent en force dans la maison et... découvrirent que l'intérieur avait été incendié. La déception se lisait sur tous les visages.

Les occupants ne les empêchèrent d'entrer en aucune façon. Mais ces gens les accueillirent un peu fraîchement.

— Bonjour, on ne vous a jamais appris à frapper avant d'entrer ? dit la femme.

— Bonjour, dit Margot. Nous avons été tellement souvent accueillis par un fusil que nous sommes devenus impolis. Excusez-nous pour être entrés de cette façon.

Au fond, leur groupe était constitué de braves gens et les occupants de la maison aussi. La sympathie fut la plus forte. Et ils se mirent à se raconter mutuellement leurs histoires. Les habitants, un couple et leurs deux enfants adolescents, avaient accueilli des migrants franciliens jusqu'à ce que des gangsters s'installent chez eux comme chez tant d'autres Solugnots. Ensuite, les bandits avaient exploité sans vergogne les ressources de la maison en se faisant servir par ses habitants.

— Vous êtes tous si maigres, dit Margot avec compassion. Ça a dû être vraiment dur pour vous. Et l'incendie ? Comment est-ce arrivé ?

— Tous les soirs, c'était beuverie pour eux avec ce qu'il y avait dans notre cave, répondit Lydie la mère de famille. Un soir, ils ont renversé la bouteille d'eau de vie, je ne sais comment. Nous restions dans notre chambre pendant ces orgies parce qu'ils pouvaient être violents. Donc, personne ne nettoyait et personne ne surveillait le feu de cheminée qu'ils avaient chargé en bois sans remettre le pare-feu. À un moment, nous avons entendu des hurlements de douleur et ils sont tous sortis. L'un d'eux était en flamme. Je suis descendue avec mon mari et la pièce était en flamme. Nous avons réussi à éteindre l'incendie avec des couvertures. Les bandits sont partis parce que notre maison n'était plus assez bien pour eux.

— Et vous n'avez pas pu réparer ? demanda Margot.

— Nous n'avons pas de matériel et on ne peut plus en acheter. Vous ne sauriez pas comment fabriquer de la peinture ? Et nous avons besoin de tuiles parce que la dernière tempête en a arraché du toit.

— Pour la peinture, je ne sais pas répondit Margot. Par contre, je sais que les tuiles sont faites en terre glaise cuite au four.

— Nous allons essayer répondit le mari. Ce sera toujours plus isolant que des seaux sous les trous du toit. Dans cette maison, il n'y a même plus une bâche pour mettre sur le toit. Vous êtes bienvenus si vous nous aidez ici. Plus nombreux on sera, moins on risquera de se retrouver avec des gangsters sur le dos.

— Nous acceptons avec joie, mon mari et moi, répondit Nathalie.

— C'est très gentil à vous, mais nous n'allons pas rester, dit Hardy. Notre but est de combattre les envahisseurs pas les bandits.

— Vous vous y prendrez comment, demanda le mari de Lydie.

Véga leur décrivit comment elle avait résisté avec d'autres en région Parisienne et Hardy leur parla de l'école militaire, de son père, général renommé qui avait élaboré la stratégie de défense des îles Oklands.

10.
Hardy et Véga

France, Vers l'Auvergne

Véga et sa famille partirent par un beau matin d'août après le petit-déjeuner. Avec le gibier qu'Hardy avait chassé, ils étaient abondamment pourvus de provisions. Ainsi, la première partie du voyage fut une vraie partie de plaisir. Le Bourbonnais qu'ils traversaient était une région de prairies remplies de vaches, avec des châteaux-forts dans les villages. Le soir, ils dormaient chez l'habitant. Ils compensaient leur nuit et leurs repas en fournissant à leurs hôtes de menus travaux ou des baies et champignons cueillis en cours de route.

Au fur et à mesure qu'ils s'enfonçaient dans la montagne la route se fit moins facile. Ils ne pouvaient passer par la vallée de l'Allier car le château de Bayal, qui la dominait, était aux mains des Bijizés. Ils randonnaient donc par monts et par vaux, là où l'altitude rend le climat passablement humide et frais.

Leur voyage se passait bien. Cependant, du côté de la rivière nommée Allier, ils apercevaient les panaches de fumée de petits et gros incendies. Les petits panaches provenaient de brûlis que faisaient pratiquer les envahisseurs pour la mise en culture de champs et forêts. Les Bijizés ne semblaient pas connaître autre chose que les brûlis pour apporter de l'engrais à leurs cultures. D'après Margot, cette méthode d'enrichissement des sols n'est valable qu'à court terme car elle finit par épuiser les sols. Était-ce à cause de cela que les

Bijizés envahissaient de nouvelles planètes ? Ou pratiquaient-ils une politique de court terme dans leurs colonies ?

En dehors des brûlis, les gros panaches de fumée étaient l'émanation désolante de villages qui brûlaient. Et il y avait même de très gros incendies qui provenaient de villes. Il fallait espérer que leur maison de famille ne serait pas incendiée quand ils y arriveraient.

Au fur et à mesure de leur progression en Auvergne, ils rencontraient de plus en plus « de pièges à monstres ». C'étaient des trous dans le sol, creusés pendant la nuit par des résistants locaux sur les chemins qu'empruntaient les envahisseurs et qui étaient conçus pour les tuer. Ces pièges étaient toujours signalés par une croix dessinée à la peinture rouge sur une pierre. C'était l'un de leur premier hôte en Auvergne qui les avait prévenus. Depuis, le groupe faisait un large détour lorsqu'il voyait une croix rouge pour deux raisons. Premièrement, personne ne tenait à tomber dans ces pièges qui étaient bien dissimulés. Deuxièmement, ces pièges ne prenaient qu'un ou deux envahisseurs à la fois et les trous étaient souvent entouré du reste de la troupe de Bijizés. Enfin, il n'était jamais prudent de passer par un endroit très fréquenté par les envahisseurs.

Hardy, Véga, Edmond et Margot s'enfoncèrent de plus en plus loin en Auvergne : les montagnes se firent de plus en plus hautes et les nuits de plus en plus froides. Le groupe vit les plus hauts volcans au loin, mais il ne s'en approcha pas car la maison de campagne se trouvait dans la forêt à l'écart des plus hauts pics. Ils marchèrent la plupart du temps sur des chemins de terre, sous de longs tunnels d'arbres qui étaient interminables.

Parfois, le matin, la conversation s'animait pendant la marche : ils chantaient, se racontaient des histoires, parlaient de ce qu'ils feraient à l'arrivée, du monde d'après l'invasion ou des hôtes de la veille. Hardy courtisait maintenant Véga avec assiduité.

Le jeune homme était encore un peu hésitant sur la manière de combattre les Bijizés.

— Tu as entendu parler de stratégie la majeure partie de ta vie. Tu trouveras quelque chose pour les combattre les Bijizés lui répéta Véga admirative.

— Je vais essayer, répondit Hardy encore un peu hésitant.

— Véga a raison, dit Margot. Si nous tenons compte du milieu dont tu viens, tu dois connaître plus de choses que tu ne le crois. Tu vas être un combattant de choc lorsque nous aurons pu rassembler une troupe.

Le soir, lorsqu'ils campaient, il fallait maintenant se protéger des loups. Comme ils ne pouvaient pas allumer de feu à cause des ennemis, ils entouraient leurs camps d'épines et suspendaient la nourriture hors de portée dans les arbres à distance du campement. De toute façon, quelqu'un montait toujours la garde pour parer à toute attaque extraterrestre ou animale.

Margot était de plus en plus séduite par Hardy en tant que beau-fils.

— Je ne t'ai jamais posé la question. Combien veux-tu d'enfants, demanda-t-elle un matin à sa fille.

— Au début j'en voulais deux, mais après tous ces morts, j'ai envie d'en avoir beaucoup plus. Je ne sais pas encore combien, cela dépendra des possibilités.

— Et toi, demanda Margot en se tournant vers Hardy.

— Je veux des enfants. Combien… Euh… Je ne sais pas trop. Je n'y avais jamais réfléchi, bafouilla Hardy pris de court.

— Mon père décidait de ce genre de question pour moi, alors je n'ai jamais pris la peine de me le demander, continua-t-il au bout de quelques instants. Je n'ai rien contre une famille nombreuse si nous pouvons lui assurer une vie décente.

Depuis son adolescence, il se contentait de profiter de la vie dans tout ce que sa position privilégiée pouvait lui apporter et il ne se posait aucune question sur son avenir. Il prit conscience de ce que la mort de son père changeait pour lui et, un instant, il fut presque écrasé par toutes les décisions qu'il devrait prendre, mais cela fut très vite remplacé par un immense sentiment de liberté. Il pouvait maintenant épouser qui il voulait et avoir les enfants qu'il voulait. Il se mit à y réfléchir et resta silencieux le reste du trajet ce jour-là.

11.
Jon et Ted sont kidnappés

Amériga, Grande forêt puis Livingstone. Pendant que la résistance en Auvergne s'organise

Redeu, qui ne s'appelait pas encore Jon, se réveilla avec une sensation de danger. Il était dans un endroit tout noir avec Ted à côté de lui. Dans le demi-sommeil précédant l'éveil, il avait l'impression d'être dans l'antre de Louve en pleine nuit. Mais, en se réveillant mieux, il s'aperçut que le sol n'était pas le bon et que Louve n'était pas là. Se réveillant complètement, il se rappela : Louve avait été tuée et lui avait été assommé en même temps que Ted.

Il fallait qu'ils sortent de là et vite ! Au son, ils se trouvaient dans un de ces véhicules roulants qu'utilisaient les trafiquants. Quelqu'un parlait derrière une cloison, mais sinon, il était seul avec Ted. Il avait le champ libre pour partir. En tâtonnant avec son pied, il vit qu'il y avait une porte et regarda s'il pouvait l'ouvrir. Ted était réveillé maintenant et il l'aidait.

Ils ne trouvaient pas le loquet et Redeu avait l'impression que le temps pressait. Sa volonté était que cette maudite porte s'ouvre ! Il s'assit et contracta son esprit avec la volonté de trouver comment faire. Et…il s'envola mentalement vers le système de fermeture. Il s'insinua dedans et vit qu'en poussant sur le bout de métal du loquet il pourrait débloquer la porte. Inconscient d'avoir réalisé un véritable exploit mental, Redeu ouvrit les yeux et fit ce qu'il avait vu mentalement. D'abord, le loquet résista. À force de s'acharner en grognant comme un loup, il réussit à ouvrir la porte.

Ils n'avaient mis que quelques minutes à trouver le loquet et à l'actionner. Ce qui était bien plus rapide que tous les autres enfants qui l'avaient tenté et parfois réussi. Les deux garçons tentèrent de se lever. Mais, ils n'avaient pas encore récupéré de la bagarre et du coup qui les avait assommés après leur capture. Le véhicule s'arrêta avant qu'ils réussissent à descendre. Trois hommes mécontents apparurent dans l'encadrement de la porte. Ils avaient le visage fermé et cruel.

— Faites attention ! dit l'un d'eux. Ils ont été rapides pour descendre. C'est des malins.

Celui qui avait un nez crochu et une veste rouge renchérit brutalement.

— Stupides salopards ! Écoutez son esprit ! Ce ne sont pas des malins ! Le petit rouge a utilisé son esprit pour ouvrir. Celui-là, le maître nous récompensera pour sa capture. Attachez-le et faites gaffe !

Les trafiquants d'enfants les assommèrent une nouvelle fois, attachèrent de nouveau les deux garçons et refermèrent la porte.

Quand Redeu se réveilla, il se retrouva dans un grand bâtiment en pierre dans une cage avec Ted attaché et encore endormi. Cette fois, lui-même n'était pas attaché. Il pensa donc que leurs ravisseurs avaient oublié ses liens. Il avait un peu faim. Mais il était aussi tellement barbouillé par sa longue inconscience que ça n'était pas urgent pour l'instant. D'autres couples d'enfants étaient dans la même situation que Ted et lui. Dans les autres cages, ceux qui n'étaient pas attachés persécutaient les autres. La suite ne devait être qu'une suite d'images et d'impressions dans son esprit. L'impression d'une faim et d'une soif insupportable d'abord. Ensuite, l'impression d'une horreur indicible tout autour de lui, provoquée par les souffrances endurées par les enfants liés, généralement de la part de leur partenaire de cage qui tentaient parfois de les manger.

Ensuite, les couples furent sortis de leur cage un par un et amenés devant un groupe d'une dizaine d'adultes à l'air cruel : le maître ou parrain de la mafia et son conseil. Ce n'était pas encore le tour de Redeu et Ted et ils observaient donc depuis leur cage. Au fur et à mesure que les couples d'enfants étaient sortis, ils passaient devant le maître. Celui-ci était assis dans un large fauteuil et discutait plus ou moins longuement avec les autres brigands. Pendant ce temps-là, les enfants attendaient debout. Certains étaient si amochés qu'ils paraissaient plus morts que vifs. Le sort de ceux-là se décidait en général très vite : le maître désignait d'un geste sans réplique une porte où l'enfant était emmené. On entendait des cris et des râles venant de cette pièce.

Pour ceux qui étaient en forme, la discussion entre le maître et son conseil était un peu plus longue. À la fin, le maître désignait avec un geste péremptoire la porte maudite ou une grande cage dans un coin.

Redeu et Ted passèrent les derniers. Redeu vit mentalement avec anxiété la rage envahir un homme aux cheveux rouges à côté du maître au fur et à mesure qu'il s'approchait. L'homme s'exclama en désignant Redeu.

— Cui-là il faut l'éliminer ! Il vient de moi. Il a une mauvaise influence !

— S'il a de mauvaises influences, toi aussi. Et ça me plaît ! répondit le maître en éclatant de rire. Et je vais l'appeler Jon. Comment tu t'appelles ? demanda-t-il à Jon-Redeu.

— Jon

— Mais, il n'a pas tué l'autre dans la cage ! protesta l'homme aux cheveux rouges.

L'homme au nez crochu qui avait participé à leur enlèvement intervint d'un air presque timide devant le maître.

— Quand il a essayé de s'évader, il a émis des ondes mentales et ils ont réussi à sortir de la voiture.

— De toute façon, ses cheveux sont pleins de possibilités, trancha le maître d'une voix autoritaire.

Et, il désigna la grande cage comme l'espérait Jon-Redeu.

Alors qu'il se dirigeait vers la cage, Jon entendit avec ébahissement Ted dire.

— Je vais avec lui !

— Vas-y ! J'aime les garçons audacieux ! dit le maître.

Et Redeu sentit que le maître avait dit cela surtout pour contrarier l'homme aux cheveux rouge.

La suite resta toujours confuse dans l'esprit de Jon et de Ted. Ils se souviendraient que le maître s'était approché de la cage où ils étaient, et puis plus rien.

Le maître s'approcha de la cage en les regardant intensément et en émettant de puissantes ondes mentales. Jon eut l'impression qu'on lui triturait le cerveau à la main. Les enfants se recroquevillèrent et gémirent sous l'impact. Cela parut durer longtemps, longtemps… Jon fut le seul à garder un semblant de conscience, sans doute parce qu'il avait déjà beaucoup utilisé ses facultés mentales. En effet, plus une personne les utilisait, plus la personne devenait puissante dans ce domaine. Après avoir manipulé mentalement les enfants, le maître quitta le bâtiment avec ses lieutenants. Jon et les autres enfants restèrent complètement dans le cirage.

Jon se réveilla plusieurs fois dans une petite pièce. Certaines fois, Ted était là et le poussait à se nourrir et à boire. D'autres fois, c'était le maître qui s'emparait encore de sa tête et il avait l'horrible sensation de ne plus rien maîtriser. D'autres fois, il restait seul. Alors que Ted était passé à l'étape suivante, le maître perfectionnait ses manipulations mentales sur Jon qui pouvait en supporter beaucoup plus que Ted. Dès cette époque, Jon devint ainsi extrêmement puissant mentalement. Par exemple, il pouvait sentir toutes les personnes à l'intérieur et à l'extérieur du bâtiment où il se trouvait sans faire aucun effort, alors qu'une seule autre personne, le maître de la mafia, pouvait le faire dans la ville de Livingstone.

12.
Installation en Auvergne

France, Auvergne

Un matin, Margot, Véga, Edmond et Hardy arrivèrent près de chez François, l'oncle de Margot qui détenait les clés de la maison de campagne. Celui-ci les accueillit avec joie et soulagement : il n'avait aucune nouvelle des autres membres de la famille et il fut également heureux d'accueillir Hardy, l'ami de Véga. Il n'avait plus de communication avec le reste du monde depuis cinq mois et, à part le manque de nouvelles, il était peu conscient du désastre qu'étaient les extraterrestres dans le reste du pays. L'annonce de la perte probable du reste de la famille suffit à le motiver pour toute sorte d'actes de résistance à l'envahisseur.

Dès le lendemain de leur arrivée, chacun s'attela aux tâches urgentes. En analysant le fonctionnement des communautés rencontrées pendant leur voyage, ils avaient compris progressivement comment fonctionner en autarcie complète et ils avaient établi un programme de tâches prioritaires à effectuer en arrivant. Pour Hardy et Véga, ce fut le début de l'installation d'un système d'alerte autour de la maison et de l'aménagement d'un abri de repli en cas d'attaque.

La tâche prioritaire de Margot c'était son rêve de toujours, planter un grand jardin et démarrer un petit élevage qui les rendraient véritablement autosuffisants. Véga et Hardy aidèrent Margot et Edmond à initier ces travaux de culture et d'élevage qui tiendraient la famine à distance. Dans les semaines suivantes, le jeune couple prévoyait de prendre contact avec des amis de Véga pour organiser la résistance et peut-être attaquer le château de Bayal, leur grand projet. En même temps, ils essayeraient de trouver des animaux à élever pour leur ferme.

Depuis leur départ de la maison de Lydie, Hardy était devenu l'ami de Véga aux yeux de tous. Le jeune couple passait doucement de la romance aux projets familiaux sous le regard bienveillant de Margot. Celle-ci incitait désormais Véga à se marier pour avoir des enfants.

— La vie peut être courte maintenant, disait-elle. Il n'y a plus beaucoup de médecins. Tu seras bientôt à la meilleure période de ta vie pour avoir des enfants sans complications. Ne laisse pas passer l'âge.

Les mois suivants furent une frénésie d'activités : mise en place de cultures à croissance rapide et premières récoltes pour Margot, élevage de chèvres et volailles pour Edmond et début du combat contre l'envahisseur pour Hardy et Véga. Hardy se rendit compte qu'il avait un charisme certain lorsqu'il exhortait les gens à les aider à arrêter les envahisseurs et à libérer les esclaves. Les gens faisaient mieux que survivre dans cet environnement qui les avantageait par rapport aux Bijizés. Il y avait toute sorte de pièges comme ces trous dans le sol que le groupe de Margot avait rencontré en arrivant en Auvergne. Hardy n'eut donc aucun mal à créer une association d'habitants motivés à faire tout ce qu'il fallait pour se libérer des Bijizés. Ses premières recrues furent le groupe des pompiers de l'oncle François.

Pour les pièges, Hardy pratiqua systématiquement ceux des Auvergnats qui s'étaient aperçus que les Bijizés n'aimaient pas toucher la végétation au point de faire un détour lorsqu'un chemin était barré par des buissons « plantés » pendant la nuit. Comme les chemins étaient souvent bordés de forêts que les envahisseurs ne fréquentaient pas non plus, cela permettait de leur barrer l'accès à certains endroits. Cela avait aussi permis à des esclaves requis pour couper la végétation de s'enfuir.

Véga et Hardy se focalisaient sur la résistance à l'envahisseur avec la rage et la fougue de leur jeunesse. Ils rêvaient de faire plus que quelques actions gênantes.

— Comment penses-tu t'y prendre pour libérer l'Europe demanda un jour Véga à Hardy.

— L'Europe, c'est trop gros, protesta Hardy. Cependant, je commence à avoir quelques idées moins ambitieuses, surtout quand je vois tous ces châteaux occupés.

— Voyons ! Même une forteresse comme celles que nous avons vues en venant, c'est trop ambitieux répliqua Margot d'un ton plaintif. Je ne veux pas que tu entraînes mes enfants dans un assaut pour la gloire.

— Vous savez Margot, nous ne construisons plus de châteaux-forts depuis des siècles pour une bonne raison, répliqua Hardy. Et cette raison …

— Tu as un moyen, coupa Véga excitée.

— Oui, il y a des moyens biens connus, répondit Hardy. Je les ai tous appris en école militaire, mais je dois encore me renseigner pour avoir un plan valable.

Avec le groupe de combattants qu'ils constituaient progressivement, le commandant Hardy et Véga devenaient des experts en trous piégeux, libération d'esclaves ou plantation de végétation gênante pour les envahisseurs. Ils ne voulaient pas que ce qui s'était produit sur le pourtour de la région parisienne et ce qui semblait en cours en Sologne, se produise en Auvergne : après une résistance plus ou moins sérieuse, les Bijizés semblaient avoir tué ou asservi presque tout le monde. Cette question de survie libre les poussait à prendre des contacts et à imaginer des offensives toujours plus audacieuses. Avec leurs amis combattants, ils avaient des rêves beaucoup plus téméraires pour l'avenir.

— Ce serait bien de prendre le château de Bayal, dit Véga à leurs amis alors qu'ils dégustaient de la liqueur de prunelle dans un abri temporaire.

— Oui ce serait bien mais c'est trop gros pour nous, dit Olivier l'un des anciens pompiers.

— Avec une bonne stratégie, je pense que nous pourrions le faire, dit Hardy.

— Mais tu n'y penses pas ! On n'a même pas de canons.

— Je suis un ancien militaire, j'ai suivi des cours de stratégie et je sais qu'une bonne stratégie permet d'atteindre n'importe quel objectif, répondit Hardy sous le regard sceptique des autres. Si nous étions deux compagnies au lieu d'une, nous pourrions y arriver.

— Deux compagnies ?

— Oui, notre groupe de combattants commence à ressembler à une compagnie militaire.

Hardy répétait souvent ces considérations sur le château de Bayal parce qu'il savait que le redire donnerait de l'assurance aux combattants le moment venu. La forteresse était la clé du dispositif de surveillance de l'Auvergne par les Bijizés.

Pour l'instant, après leurs opérations contre les Bijizés, Hardy, Véga et leurs amis avaient à cœur de ne pas conduire les envahisseurs vers les villages où ils se réfugiaient. C'est pourquoi, ils passaient souvent la nuit dans la forêt en mode survie militaire. Comme abri, ils construisaient des tentes avec des branches et une bâche. Pour cela, ils choisissaient deux arbres rapprochés de quelques mètres. À environ un mètre cinquante du sol, ils faisaient tenir une branche horizontale entre ces deux arbres. Ensuite, ils tressaient des branches pour faire la charpente d'un toit en pente qui descendait jusqu'au sol. Ils pouvaient alors mettre une bâche et quelques branches sur le toit pour imperméabiliser et discrétiser l'abri. Les auvents des sentinelles étaient fabriqués à part avec de l'écorce de certaines espèces d'arbre. Les combattants pouvaient ainsi coucher dehors presque sans aucun matériel dans la neige de l'hiver Auvergnat.

Au cours de leur voyage jusqu'en Auvergne, Margot s'était rendue compte de la compétence de Hardy pour le combat contre les Bijizés. De son côté, elle n'avait aucun goût pour ce qui était militaire. En région parisienne, elle avait combattu par nécessité plus que par goût et sa double casquette d'agricultrice militaire avait été une grande source de fatigue. Elle se rendait compte que pour combattre pleinement les extraterrestres, il fallait s'y consacrer à plein temps. Et Hardy était la personne idéale pour cela.

Par conséquent, Margot se consacrait maintenant à l'agriculture et à l'élevage. C'était un travail prenant où elle entraînait aussi Edmond car elle le trouvait encore trop jeune pour combattre et elle pensait que sa sœur prenait trop de risques. Après avoir poussé le jeune couple à combattre, elle était désormais effrayée par leur projet de libérer le château de Bayal.

— Je ne veux pas que tu meures et que tu me laisse seule comme va le faire ta grande sœur qui veux attaquer le château de Bayal, disait-elle à Edmond.

De plus en plus, elle aidait également les campagnards alentours parce qu'elle connaissait nombre d'astuces pour fabriquer des choses soi-même quand on ne pouvait plus les acheter et surtout elle connaissait nombre de propriétés d'herbes médicinales utiles pour soigner nombre de maladies.

En ce moment, c'était l'hiver, leur premier hiver en Auvergne. C'était une saison difficile au vu du peu de provisions qu'ils avaient pu accumuler dans la région depuis leur arrivée quelques mois plus tôt. Même si le jeune couple arrivait avec sa compagnie militaire à chaparder quelques petits compléments aux Bijizés, il faudrait une gestion rigoureuse pour arriver jusqu'aux prochaines récoltes sans famine. Margot avait pesé et compté ses pommes de terre et ses bocaux. Elle avait aussi compté ses chèvres, ses lapins, ses poules pour déterminer ce qu'ils pouvaient manger chaque jour. C'était un peu juste et chacun s'en plaignait, mais ils n'avaient pas le choix. L'affaire était encore compliquée par le fait que tout était dispersé dans différents abris pour éviter la catastrophe en cas d'attaque de la maison principale.

13.
Jon et Ted à la mafia

Amériga, Livingstone

En fin de compte, ce qui resta tangible pour Jon de cette époque, ce furent les cambriolages avec Ted.

La première fois, Ted lui avait expliqué ce qu'ils allaient faire dans leur langue spécifique. Mais, Jon était encore trop sonné par les manipulations effectuées sur son cerveau et il ne comprit rien. Guidés par un jeune homme de la mafia, ils se retrouvèrent devant la maison d'un vieux couple de la classe moyenne. Par manipulation mentale à distance, le jeune homme désactiva l'alarme et partit. Jon et Ted entrèrent et Ted commença à chercher dans la maison. Ted avait déjà été initié pendant que le maître perfectionnait ses manipulations mentales sur Jon. Il savait donc quoi chercher : argent, bijoux. Par contre, Jon regarda bêtement Ted en se demandant ce qu'il faisait là.

Lorsque le vieux couple rentra à l'improviste, Jon les vit sans même songer à en avertir Ted. Sans hésiter, Ted se jeta sur eux et fut pris d'une pulsion incontrôlable. Son esprit se mit à émettre des ondes qui désorientèrent les deux vieux. Ensuite, à son grand étonnement, Jon perçut très bien que le bras de Ted était mû sans que Ted le contrôle comme si quelqu'un d'autre le télécommandait. À la suite de cette intervention du corps de Ted, les deux vieux avaient l'air morts. Puis, Ted se tourna vers Jon et Jon perçut mentalement la rage induite par les manipulations mentales. Jon s'enfuit dans les jardins alentour. Mais, Ted le rattrapa et le battit si sauvagement que Jon prit peur. Le jeune homme arriva soudainement. Il les maîtrisa uniquement avec ses facultés mentales, les jeta dans une voiture et les ramena dans leur petite cellule.

Le temps du trajet, l'état d'esprit de Ted changea. Il était abattu par ce qu'il avait fait. Jon comprit pleinement que ce qui avait téléguidé Ted l'avait quitté. Il retrouva le garçon qu'il connaissait et aimait depuis longtemps. Tous deux se prirent dans les bras car ils ressentaient un grand malaise : Ted à cause des actes qu'il avait perpétrés malgré lui et Jon parce qu'il n'avait pas averti son ami du retour des habitants de l'appartement. Ils se demandaient aussi qu'est-ce qui avait rendu Ted comme ça. Leurs malaises se renforçant l'un l'autre, pendant plusieurs jours, ils ne se parlèrent pas. Personne ne leur demanda quoi que ce soit dans leur petite cellule et Jon commença à retrouver son équilibre mental. Un soir, il demanda des explications sur ce qu'ils avaient fait à Ted.

— Depuis que je ne suis plus malade, je dois aller chercher des choses dans les maisons, dit Ted. Si je ne le fais pas, on me fait du mal, expliqua-t-il en montrant quelques bleus.

— Aujourd'hui, continua-t-il, le jeune homme semblait penser que tu n'étais pas prêt. Mais, je crois qu'il était obligé de t'emmener.

Et de fil en aiguille, ils parlèrent de ce qu'ils sentaient dans leur tête. Ils se rendirent compte que chacun entendait les pensées de l'autre. En parler les réconforta. Cependant, il y avait une différence : Ted avait des pulsions qui le poussaient à voler coûte que coûte au prix de la vie de ceux qui s'opposaient à lui. Les deux garçons étaient effrayés par cette pulsion parce qu'ils n'aimaient pas faire du mal. Jon promis de mieux monter la garde et d'essayer d'éviter à son ami de blesser quelqu'un d'autre.

Le second cambriolage de Jon eut lieu longtemps après. Jon avait subi d'autres manipulations mentales : désormais, un peu comme Ted, des pulsions l'incitaient à chercher le plus possible d'objets précieux. Par contre, s'ils rencontraient des gens extérieurs à Ted et leurs maîtres, il devait parader en montrant sa remarquable chevelure rouge. Le temps lui avait permis de se contrôler un petit peu mieux : cette fois, il avait l'esprit plus clair lorsqu'ils partirent. Le même jeune les guidait et désactivait à distance le système d'alarme de l'appartement. Puis, Jon et Ted montèrent sur le toit d'un l'immeuble miteux par les escaliers, passèrent sur le toit de l'immeuble où se trouvait l'appartement à piller et le cambriolèrent. Les pulsions provoquées par les manipulations mentales incitèrent Jon à y laisser une mèche de ses cheveux rouges remarquables. Pour repartir, les deux garçons prirent le chemin inverse, repassèrent par les toits pour redescendre par l'immeuble miteux : c'est à ce moment-là qu'ils rencontrèrent un résident. Tout excité par sa pulsion, Jon tournoya devant l'homme rencontré et ses cheveux se déployèrent. Par contre, avec la parade de Jon, Ted ne se sentit pas menacé et il n'agressa pas l'homme rencontré.

— Pourquoi je dois me montrer ? demanda Jon lorsqu'ils retrouvèrent le jeune homme de la mafia.

— Parce que le maître le veut, répondit-il mystérieusement. Les deux garçons en restèrent cois car le maître les effrayait beaucoup.

Ted et Jon n'en furent pas conscients à ce moment-là. Mais, le maître savait ce qu'ils faisaient car leur deuxième cambriolage eut un grand retentissement dans les médias. En effet, l'homme épargné parla d'un diable rouge qui lui avait jeté un sort. Ce qui enflamma les imaginations et généra toutes sorte d'affabulations. Cette célébrité du « diablotin aux cheveux rouges » devait avoir bien des conséquences pour Jon.

Ils commirent de nombreux autres vols. Les garçons étaient toujours un peu mal à l'aise de confisquer les objets des autres. Mais, en même temps, c'était un soulagement de satisfaire les pulsions que le maître avait implanté dans leur tête. Un jour, alors qu'ils retournaient à leur abri avec le jeune homme nommé Thierry, Ted lui posa quelques questions.

— Comment tu sais ceux qu'on doit voler ? Ils t'ont fait du mal ? demanda-t-il.

— Oui ! C'est injuste qu'ils soient aussi riches, répondit Thierry le visage fermé.

— Je crois que vous êtes mûrs pour venir observer avec moi, demain ! poursuivit-il gravement après un moment de silence.

— Et, comment tu sais où il faut voler ? s'obstina Jon.

— Plus de questions ! Vous verrez demain, répondit Thierry d'une voix sans réplique.

Les deux garçons savaient que lorsqu'il prenait ce ton, il ne fallait pas insister ou déranger Thierry.

Le lendemain, lorsqu'il vint dans leur chambre, Thierry fut très ferme : pendant qu'ils regardaient, ils ne devaient pas parler, pas bouger, pas poser de questions. Ils furent saisis d'appréhension lorsque Thierry ajouta que s'ils bougeaient ou faisaient du bruit, il serait obligé de tuer quelqu'un.

Les jours suivants, Jon trouva l'observation passionnante. Ils observèrent une famille avec des garçons de leur âge. Cette séance lui donna un aperçu de la vie d'une vraie famille. Ce qu'il n'avait jamais connu. Il put aussi poser quelques questions à Thierry dans les moments où personne ne pouvait les entendre. À la fin, Thierry décida qu'ils n'iraient pas cambrioler cette maison car il n'avait rien détecté d'intéressant à voler. Jon et Ted en furent soulagés car ils se sentaient des affinités avec les garçons de l'appartement.

De retour dans leur chambre, les garçons reparlèrent de la famille.

— J'aimerais être comme les autres enfants, dit Jon. Vivre dans une maison avec des grands.

— Quoi ! dit Ted. Tu veux subir les blessures des grands !

— Ils n'ont pas l'air d'être blessés, rétorqua Jon. L'avantage qu'ils ont, c'est qu'ils ont beaucoup à manger et qu'il fait chaud dans les maisons.

— C'est vrai que parfois, j'aimerais bien avoir tout ça, murmura Ted, mais j'aurais peur d'être blessé par les grands à vivre comme ça tout le temps avec eux. Toi, par contre, je pensais que tu aimais la vie que nous menons, fort comme tu es !

Il parlait, bien sûr de la puissance mentale de Jon parce que pour le physique, Jon paraissait léger au point de paraître presque transparent.

Les observations continuèrent dans le même quartier de Livingstone. Jon trouvait toujours aussi passionnant d'observer la vie des gens. Ces observations étaient entrecoupées de cambriolages lorsque Thierry le jugeait nécessaire. Il donnait toujours les mêmes justifications aux vols, aux meurtres et les deux garçons finirent par croire que c'était bien. Ils cessèrent d'en être effrayés et firent leur « travail » avec plus d'efficacité et d'autonomie. Par exemple, Jon observait Thierry pour apprendre comment il désactivait les systèmes d'alarme des appartements en arrachant des fils à distance avec son pouvoir mental.

Jon continuait à se mettre en avant et à montrer ses cheveux rouges. Aussi, les journaux locaux et quelquefois nationaux continuaient de parler de lui à l'occasion. Dans le quartier où les deux garçons sévissaient, les gens commencèrent à se montrer vigilants. Et, il leur devint de plus en plus difficile de se déplacer discrètement. À chacun de leurs retours, ils faisaient un compte-rendu à Thierry ou au maître.

— Vous me donnez l'or et vous repartez, leur dit un jour le maître. Pas question de rester ici ! Vous ne me rapportez pas assez d'or. Retournez en chercher !

Et l'homme passa sa langue sur ses lèvres d'un air avide.

Comme Thierry les escortait à l'extérieur, Jon, au bord des larmes, protesta.

— Nous ne pouvons pas rapporter beaucoup d'or ! Les gens me cherchent.

— Ha ! Ha ! Je parie que vous cherchez toujours au même endroit ! répondit Thierry moqueur.

Cela donna à penser à Jon pendant la première partie du trajet qui était sans danger.

— Je crois, dit-il à Ted, que nous devons aller plus loin, là où il y a plus de gens dans la journée.

— C'est dangereux dans le quartier plus loin, objecta Ted. Il y en a forcément un qui nous verra. Et en plus, on ne peut pas s'échapper facilement.

— C'est devenu dangereux aussi là où nous allons. Dans un nouveau quartier, les gens ne nous connaîtront pas.

— Allons-y ! dit Ted d'une voix plus convaincue.

Quelques années plus tard, Aiguebelle referma son journal intime où elle venait de noter les aventures racontées par son fils.

— Tu sais, dit-elle, C'est bien d'avoir de l'argent, mais c'est mal de voler les autres Tu rends les gens malheureux en prenant leurs choses. Car ce que tu voles leurs manquent, expliqua-t-elle devant le regard étonné de son fils.

— Ils peuvent les racheter ! dit-il un peu boudeur.

— Pour cela, il faut parfois beaucoup d'argent ! Alors quelquefois ils ne le peuvent pas.

14.
Résistance

France, Auvergne

La compagnie dirigée par Hardy augmentait graduellement la violence de ses attaques pour ne pas laisser aux ennemis le temps de se reprendre. Des pièges qui ne tuaient que quelques ennemis, les combattants étaient passés aux attentats à la bombe, puis aux embuscades autour des pièges. Cela augmentait le risque d'être suivis jusque dans leurs familles, mais ils étaient tous convaincus que s'ils arrêtaient, l'ennemi augmenterait sa mainmise sur la région : ce qui menacerait aussi les familles. Les combattants venaient en partie de la région parisienne et savaient ce que pouvaient faire les Bijizés.

Certains combattants avaient en plus des motivations plus « aventurières ». Ainsi, parmi les soldats de la compagnie, il y avait Epsilon. C'était un grand gars de près de deux mètres avec des cheveux frisés bruns, un visage à la fois poupin et énergique qui paraissait pataud tellement il était grand. Naturellement il n'en était rien : c'était quelqu'un de très sportif qui passait son temps dans la nature quand il ne travaillait pas avant l'invasion. Maintenant, il avait toujours un rêve d'avance. Son but actuel était « d'explorer de nouveaux territoires dans les forêts vierges ». Les forêts européennes redevenaient rapidement « vierges » avec le manque d'entretien consécutif à l'arrivée des envahisseurs. De même que le groupe de résistance devenait une compagnie,

Epsilon, l'explorateur du groupe devenait un éclaireur et les autres membres en étaient les soldats.

En hiver, les travaux agricoles s'interrompirent. Et Margot put retrouver des amis de vacances en Auvergne. Elle se mit à échanger intensivement des graines, des animaux, des nouvelles et des astuces en tout genre. Elle s'était replongée avec plaisir dans la vie sociale du village. Il y avait même des messes régulières ! Seule l'épicerie avait fermé car elle n'avait plus assez de clients et de sources d'approvisionnement. On s'invitait pour goûter le dernier « thé » constitué d'un mélange d'herbes comestibles imaginé par les uns ou les autres.

C'est au cours de l'un de ces goûters que Margot gagna sa réputation de sage-femme grâce à son expérience d'infirmière dans une maternité lorsqu'elle était jeune femme. Il n'y avait pas de personne plus qualifiée dans ce secteur isolé. Lors de ce goûter donc, Vanessa, la maîtresse de maison, fut prise de violents maux de ventre. La jeune femme ne s'était absolument pas aperçue qu'elle était enceinte. Margot s'approcha.

— Je suis infirmière, dit-elle d'un ton ferme.

Après quelques minutes d'examen, il fallut se rendre à l'évidence : Vanessa était enceinte et elle était en train d'accoucher ! Quelque chose de proche de la panique se répandit sur les visages. Margot devait tranquilliser toutes ses amies.

— Je sais comment faire, dit-elle, car j'ai travaillé dans une maternité…. Mais peut-être connaissez-vous une vraie sage-femme ou un médecin ?

— Non… Non…, dit tout le monde en secouant la tête.

Il n'y en avait pas. Margot n'était pas absolument sûre d'elle, mais elle devait rassurer toutes les personnes présentes car, sinon, la panique ferait faire des bêtises à certaines d'entre elles.

— Je vais m'en sortir, dit-elle, si vous m'aidez et s'il n'y a pas de complications !

Dès lors, chacune s'activa sans trop penser à paniquer : prévenir le futur père, faire chauffer de l'eau, préparer un lit pour le bébé, réconforter Vanessa... Fort heureusement, la petite fille sortit sans trop se faire prier. Et chacun manifesta sa joie teintée de soulagement.

L'hiver fut particulièrement long, froid et neigeux cette année-là. Beaucoup de gens ne s'étaient remis que récemment à dépendre directement de jardins et de leurs animaux d'élevage pour manger. Par conséquent, dans beaucoup de familles, les récoltes étaient réduites suite à des maladresses agricoles. Lorsqu'on visitait quelqu'un, on amenait souvent son infusion tellement les ressources étaient réduites. Ces visiteurs étaient toujours reçus avec joie car cela rompait l'isolement, encore plus considérable dans la région depuis que les envahisseurs étaient arrivés.

Véga et Hardy avaient été obligés de cesser leur lutte contre les Bijizés à cause du froid. Véga voyait elle-aussi des amis qu'elle n'avait pas encore eu l'occasion de revoir pendant les opérations contre les Bijizés de l'automne. D'ami en ami d'amis, elle allait présenter Hardy à la grande joie de Margot.

— C'est mon fiancé, disait-elle. Nous nous marierons quand les choses iront mieux.

— Vraiment ! Quand les choses iront-elles mieux ? lui répondaient les gens sceptiques.

— Quand nous auront repris-le château de Bayal !

— Oui effectivement, les choses iront mieux, mais vous n'êtes pas prêts à vous marier...

Ces visites permettaient d'échanger des nouvelles, des renseignements sur les envahisseurs et des techniques intéressantes utilisées par d'autres groupes de combattants. Cela permettait aussi de recruter de nouveaux soldats pour la compagnie en cours de constitution.

L'un des amis d'ami suscitait aussi beaucoup d'espoir chez les deux fiancés : c'était un homme qui avait travaillé auparavant dans une entreprise qui fabriquait des tunneliers et qui saurait entretenir ces machines complexes.

Les Bijizés ne s'approchaient jamais des tunnels et nombre de familles avaient colonisé les tunnels existants. Véga approuvait car elle avait senti une horreur et même un tabou très fort pour toute forme d'établissement souterrain lorsqu'elle avait interrogé le prisonnier Bijizé en région parisienne. Il ne semblait même pas concevoir que l'on puisse y circuler, sans parler d'y habiter. Cependant, Hardy pensait qu'emménager dans un tunnel de ce qui fut une autoroute avec des milliers d'autres personnes était trop risqué. Il suffirait que les envahisseurs en entendent parler par un traître ou qu'ils y poursuivent quelqu'un malgré le tabou pour provoquer un massacre.

Ce que voulait Hardy, c'étaient des tunnels tout neufs à l'entrée parfaitement dissimulée. Pour cela, il connaissait un tunnelier en parfait état de marche inséré dans un trou à l'intérieur du tunnel de l'autoroute A728 toute proche. Un ancien ouvrier du chantier routier leur avait indiqué cette machine, mais il ne savait pas conduire l'engin. Hardy avait demandé à tous ses amis de se renseigner et de chercher une personne capable de conduire un tunnelier pour construire des tunnels plus sûrs qui serviraient d'abri et par où les gens pourraient passer pour communiquer entre les différents secteurs de résistance.

Olivier, l'un des amis de Véga, avait été dubitatif sur l'utilisation du tunnelier.

— Je ne crois pas que ces engins soient faciles à utiliser. Ils avancent à quelques centimètres à l'heure et il faut toute une logistique pour évacuer les gravats.

— L'ouvrier du chantier autoroutier nous a dit qu'il avançait de plusieurs mètres par jours parce que c'est un engin de nouvelle génération. Il n'y aura pas une quantité énorme de gravats à évacuer chaque jour. Nous devrions donc y arriver avec des ânes et des chevaux. Nous pourrions même nous en servir pour barrer des routes utilisées par les Bijizés.

Les engins motorisés n'étaient pas une option. Comme dans les autres régions, les voitures avaient trop souvent été prises pour cibles et n'étaient pas assez discrètes. Les gens se déplaçaient en vélo ou à cheval la plupart du temps. De toute façon, il n'était plus possible de trouver de l'essence.

En ce début de printemps, Mardi gras était lugubre. Les inondations du printemps, la sécheresse de l'été précédent et l'absence d'expérience agricole des gens avaient réduit en moyenne au quart les récoltes par rapport aux besoins. On essayait de garder du bétail pour avoir des petits l'année suivante, mais on sacrifiait tout le reste pour subsister jusqu'à ce que les premiers légumes poussent. Cette année, on jeûnerait vraiment pour le carême et on prierait très fort pour que la météo soit clémente et les récoltes bonnes.

Au mois de mars, les fiancés trouvèrent enfin la perle rare pour leur projet de tunnels : il s'appelait Isaac, il savait conduire un tunnelier et il appartenait à un autre groupe de résistants très actifs qui habitaient de l'autre côté de l'Allier ! Une autre compagnie ! Véga et Hardy ne se tenaient plus de joie. S'il n'avait tenu qu'à eux, ils seraient partis immédiatement laissant en plan le champ de blé qu'ils étaient en train de labourer avec Margot et Edmond. Cette dernière les ramena à la raison.

— Vous devez réfléchir au moyen de traverser la vallée de l'Allier, dit-elle. Si vous partez précipitamment, vous serez pris comme esclaves par les extraterrestres du château de Bayal et ce n'est pas la peine de réfléchir à un assaut.

Aller dans les montagnes de l'autre côté de l'Allier était dangereux car le château de Bayal se trouvait juste au milieu de la vallée sur un pic qui permettait de surveiller le passage. C'est même pour cela qu'il avait été construit à cet endroit au treizième siècle.

Finalement, Hardy et Véga partirent le lendemain après la fin des labours préalables aux premiers semis des jardins et des champs. Ils avaient reçu l'assurance qu'ils seraient bien reçus mais ils emportaient naturellement quelques cadeaux : infusions, friandises et savon. Ils avaient mis des camouflages et ils avaient pris une barque pour traverser l'Allier loin du château de Bayal en début de nuit quand les Bijizés seraient le moins vigilants. Avec les projets de Hardy, Margot s'inquiétait dès que le couple s'approchait de Bayal. À l'occasion de ce voyage, elle avait ses propres rêves encore moins réalisables que ceux de Hardy.

— Ah ! Si on pouvait se téléporter ! disait-elle. Comme ce serait plus simple !

Epsilon devenu le second de Hardy, assurerait l'intérim pour la compagnie avec un double objectif : harceler comme d'habitude et sauver un maximum d'esclaves. Véga était pleine de détermination et Hardy peaufinerait en marchant le discours qu'il prévoyait de prononcer devant « ceux de l'autre côté de la rivière ».

15.
Jon et le trésor du parrain

Amériga du Nord, Grande forêt à proximité de Livingstone

Jon regarda autour de lui. Derrière lui, il y avait une forêt très épaisse. Ils se tenaient à l'orée sur un sentier créé par des animaux. Derrière eux, il y avait la voiture tout terrain qui les avait amenés à la fin d'un chemin. C'était devant eux que le paysage était le plus bizarre : il n'y avait que quelques hautes herbes folles sur un sol bosselé.

— Comme dans mon rêve de cette nuit, pensa Jon. Il faut que je fasse attention parce que le sol bosselé était dangereux.

Avec ses sens spéciaux, dont il avait à peine conscience, Jon comprenait que les creux du terrain cachaient sous une mince couche végétale des trous très profonds dont le fond était hérissé de branches pointues. Jon porta son regard mental plus loin au-delà des trous et il s'aperçut que la surface à cet endroit était encore plus singulière. C'était très lisse en apparence, mais il s'en dégageait un brouillard maléfique et toxique. Jon percevait ce brouillard avec sa vue mentale uniquement. Ce voile noir le mettait très mal à l'aise.

Celui qui les avait amenés était un homme de haute taille à la peau mate, aux cheveux et aux habits noirs. C'était le parrain qui dirigeait la mafia auquel Jon et Ted appartenaient depuis qu'il les avait enlevés dans la forêt.

— J'ai un défi à relever, dit le parrain. Le premier qui arrive à la surface lisse un peu plus loin aura un trésor ! dit-il d'un air de défi bienveillant en désignant la surface lisse d'où s'élevait un brouillard suspect.

— Alors ! continua le parrain Quel est le premier qui tente le petit parcours facile ?

Malgré l'apparente facilité de l'épreuve et la lueur d'avidité qui s'était allumée dans leurs yeux, la vingtaine d'hommes qui entouraient Jon et le parrain étaient indécis.

— Ils doivent sentir les dangers qui les attendent avec leurs sens rudimentaires, pensa Jon.

Il se fit un long silence inconfortable. Les hommes semblaient avoir pris leur décision et décidé de ne pas tenter d'obtenir le trésor. Ils regardaient partout sauf leur chef. Jon baissait simplement les yeux. Le parrain lui pris le menton et lui releva la tête.

— Et toi ? Tu ne le veux pas le trésor ?

— Je ne saurais pas quoi faire de ça. Vous savez, vous, répondit Jon.

Cette repartie fit rire tout le monde. Le parrain se tordait même de rire. Ce qui détendit l'atmosphère. Finalement le parrain reprit ses incitations en riant.

— Ha ! Ha ! Ha ! Bien ! Si vous n'en voulez pas, vous allez regarder ce que vous avez raté.

Il fit un geste et la grande surface dans la brume noire au loin s'ouvrit comme un grand coffre. L'intérieur était tapissé de brume rouge et contenait … le trésor. C'est à dire toutes sortes de bijoux entassés là sur cette surface immense.

— Des bijoux, dont certains que j'ai volés, pensa sans amertume Jon qui s'était déjà demandé ce qu'il en ferait s'il en gardait un petit un jour.

Un jour de grande fringale, il avait même essayé de s'acheter à manger avec un de ces trucs. Mais le commerçant avait actionné sa sirène dès qu'il avait vu l'objet et l'enfant s'était enfui. Les trésors entassés dans le coffre n'avaient donc aucun intérêt pour lui.

Naturellement, ce n'était pas le cas des hommes qui les accompagnaient. Une lueur avide et dangereuse s'était allumée dans leurs yeux. Certains s'étaient même approchés dangereusement près de la surface bosselée suspecte. Le parrain était maintenant très amusé par leurs réactions.

— Je vais vous laisser une dernière chance, dit-il. Je vais laisser le coffre ouvert juste le temps pour vous d'aller là-bas. Mais si l'un de vous a un problème, je referme le coffre pour tous et je n'attendrai pas les retardataires pour repartir !

Aiguillonnés par ces incitations, certains des hommes du parrain n'avaient pas attendu la fin de ces paroles pour s'avancer parmi les trous recouverts. Bientôt, il ne resta plus que Jon et le parrain à l'orée de la forêt.

— Jon, j'ai une mission à te confier, reprit le chef. Tu dois mettre ces bijoux dans le coffre pour moi. Jon sentit une poussée d'adrénaline l'affoler.

— Ne passe pas n'importe où comme ces idiots, continua le parrain.

Ils se déplacèrent tous les deux le long du terrain à bosses. Un chemin lisse apparut comme par magie lorsqu'ils le regardèrent sous le bon angle. Ce chemin s'arrêtait à trois ou quatre mètres du coffre.

— Tu vois ce chemin ? Tu vas jusqu'au bout et tu lances les bijoux un à un vers le coffre. Exerce-toi d'abord avec ces cailloux.

Après dix minutes d'essais assortis de commentaires désobligeants à chaque ratage, le parrain jugea Jon apte de justesse. Jon n'osait pas penser à ce qui se serait passé si ça n'avait pas été le cas. Il alla jusqu'au bout du chemin et lança les bijoux un à un dans le coffre. Puis il revint rapidement près du parrain puis à la voiture. À ce moment-là, un seul homme était revenu, sans bijoux. Le parrain décida de ne pas attendre les autres hommes « qui avaient disparu et manqué à leur obligations ». Jon regarda avec insistance l'homme qui était revenu pour voir s'il allait défendre ses camarades, mais celui-ci ne pipa mot.

— Cette nuit, mon rêve m'a prévenu qu'il allait y avoir un danger, pensa Jon. Il faut que je fasse plus attention à ce qui se passe quand je dors.

16.
Libération du château de Bayal

France, Montagnes centrales, Pendant que Jon fait partie de la mafia Amérigaine

Hardy et Véga arrivèrent dans la vallée de la « Couze d'Ardes » de l'autre côté de l'Allier. Malgré les craintes de Margot, ils n'avaient pas rencontré de difficulté pour le voyage. Ils allaient dans quelques instants rencontrer Formi, le chef de la compagnie locale.

Formi avait la physionomie d'un jeunot de ses origines itasiennes : grand, brun avec des cheveux frisés en larges boucles, la peau mate et des vêtements sombres. Ses activités antérieures d'employé de bureau ne l'avaient pas préparé à être chef de maquis, mais il s'en sortait admirablement bien.

— Les gènes de quelque ancêtre mafioso, disait-il en plaisantant à moitié.

Formi les accueillit avec cordialité. Hardy et lui s'entendirent tout de suite.

Quelques jours après cette jonction, Hardy prononça un discours mémorable qui convainquit son auditoire de le suivre dans sa lutte contre les envahisseurs.

— Je connais les forces de nos ennemis. Je connais les faiblesses de nos ennemis. Je sais comment les combattre. Je nous mènerai à la victoire ! Je les détruirai, dit-il avec passion.

Il fut ainsi décidé qu'il fallait libérer le château de Bayal.

La veille, lui et Formi avaient parlé jusqu'à pas d'heure de leurs projets. Avant la venue de Véga et Hardy, Formi était déjà convaincu qu'il fallait attaquer frontalement les forteresses Bijizés, mais, sans formation militaire, il ne savait ni comment faire, ni convaincre ses hommes. C'est pourquoi Hardy arrivait à point nommé pour faire un discours et convaincre, et il était indéniablement doué.

Par contre, ils jouaient de malchance pour Isaac, l'homme qui conduisait les tunneliers. Il était dans sa famille pour la mort de sa mère et il y resterait donc quelques temps. Hardy regrettait l'absence de cet homme car cela retardait ses projets, mais il ne regrettait vraiment pas d'être venu : il avait rencontré Formi et son grand projet de libérer le château de Bayal avançait. Lorsque cette forteresse Bijizé serait redevenue Auvergnate, il pourrait plus facilement aller voir Formi et avancer d'autres projets. Les tunnels seraient creusés plus tard.

Un mois plus tard, les semis avaient poussé, les pommiers étaient en fleurs, les animaux avaient fait leurs petits et le moral était revenu avec le printemps. Comme ils avaient prévu de le faire avant d'attaquer Bayal, Hardy et Véga se marièrent en présence de leurs amis. Ce fut une cérémonie magnifique où chacun avait agrémenté sa tenue de fleurs fraîches pour lui donner un air de fête. En particulier, la mariée ressemblait à un bouquet avec les fleurs cousues un peu partout sur sa robe… Tous étaient portés par l'espoir. Des couples se formèrent à cette occasion, promesses de nouveaux mariages. Les jeunes mariés reçurent beaucoup de vœux pour qu'ils forment une grande famille heureuse.

Quelques jours plus tard, Formi était arrivé avec ses cinquante hommes pour attaquer Bayal. À la ferme, Margot avait la boule au ventre rien que d'y penser, mais les soldats étaient surtout excités. C'étaient tous des hommes et des femmes énergiques qui avaient tous participé à au moins deux attaques d'envahisseurs à l'extérieur des châteaux. Certains paraissaient même avoir ce rude état d'esprit qui faisait basculer le sort en en faisant des héros. Cela paraissait être le cas, en particulier du second de Formi, un grand costaud qui paraissait enclin à foncer dans le tas. Pour l'heure, Hardy les haranguait pour leur donner du courage à tous.

Véga admira son charisme. Il parlait d'une voix ferme et sans hésitation. Et les arguments étaient convaincants.

— Nous devons attaquer le château de Bayal car cela empêchera les ennemis de nous nuire, disait-il, ils ne pourront pas s'installer à d'autres endroits comme ils l'ont fait en région parisienne et au nord de l'Auvergne. Nous libérerons des esclaves et nous récupérerons de la nourriture et des fournitures. Et cela permettra d'être en sécurité car il n'y aura plus d'ennemis dans la région !

Le lendemain, Véga était en train de se changer dans la forêt à proximité du château de Bayal. C'était le jour de l'attaque et elle mettrait, comme pour une compétition olympique de gymnastique, un justaucorps très provoquant en dentelle rouge vif. Ce n'était pas une tenue de soldat mais c'était la première étape de leur plan d'attaque du château. Il y avait une éternité, au cours de ses entretiens avec le Bijizé prisonnier en région parisienne, elle avait constaté que celui-ci était sensible à ses charmes féminins et encore plus misogyne que ses homologues masculins humains les plus extrêmes dans ce domaine. Ils avaient donc décidé d'exploiter cette particularité déplaisante à leur avantage.

Le château de Bayal se trouvait sur un pic rocheux qui dominait la vallée de l'Allier. C'était un château-fort classique dans la région avec quatre tours massives reliées par des murailles de trois mètres de hauteur. Devant le pont-levis, il y avait une grande place : c'était une grande étendue plate et plantée de quelques arbres reliés sans raison par des cordes.

Cette étendue était entourée de murets de trente centimètres qui avaient sans doute été une seconde muraille beaucoup plus haute à l'origine. Quoiqu'il en soit, les alentours du pont-levis n'étaient plus fortifiés et cela laissait une ouverture pour conquérir la forteresse.

Epsilon, le second de Hardy, vint avertir Véga qu'elle pouvait commencer. Il lui jeta un œil prudent.

— Ouah ! Je ne savais pas que vous étiez aussi belle ! dit-il. Les couillons du château vont vous adorer !

Véga ressentit une vague nausée. Ce qui était plutôt mauvais signe quand on devait faire la funambule. Pourtant, c'était elle qui avait proposé ce plan pour déloger les Bijizés de Bayal. Dommage que personne n'en ait proposé de meilleur.

Pour commencer, elle s'avança rapidement sur l'esplanade devant le portail du château. Elle monta sur la corde tendue entre deux arbres. L'attention des gardes s'était focalisée sur elle dès qu'elle avait mis le pied dans la cour. Lorsqu'elle se mit à danser sur le fil, ce fut carrément du délire. Les garde Bijizés de l'arrière du château quittèrent leur poste et coururent au-dessus de l'entrée sur le chemin de ronde. Véga n'entendait rien car elle était concentrée sur ses mouvements pour ne pas tomber. À l'arrière du château, ne voyant plus de Bijizés sur la muraille, Formi donna à sa compagnie le signal de l'attaque et ses hommes dressèrent des échelles contre les murailles. Les gardes Bijizés n'entendaient et ne voyaient toujours que Véga.

Véga continua à danser. Puis elle entendit le commandant Bijizé ordonner d'aller la chercher, alors, toujours sur les cordes, elle s'éloigna le plus possible du château. Au moment où la grande porte s'ouvrit, Véga descendit de son perchoir et disparut dans des buissons. La compagnie dirigée par Formi se mit à courir sur les remparts pour attaquer par derrière les

Bijizés massés à l'avant de la forteresse. Malgré cette attaque en règle, certains Bijizés étaient sourds à toute autre chose que la présence de Véga car deux extraterrestres se précipitèrent sur l'esplanade en direction de l'endroit où ils avaient vu Véga pour la dernière fois sous les huées de leurs compagnons. Cependant, Véga était maintenant hors de danger dans le petit bois touffu où se trouvaient ses amis et où les envahisseurs n'oseraient la poursuivre vu leur aversion pour la végétation. Elle avait toujours une légère nausée qu'elle ne s'expliquait pas.

— Ce ne pourrait pas être tous ces morts ? se demanda-t-elle. Elle en avait déjà tant vu de beaucoup plus près… Ou le comportement des Bijizés ?

Pendant ce temps, Hardy avait lui-aussi compris les ordres du commandant Bijizé en même temps que Véga. Il réagit aussitôt.

— L'ennemi va sortir pour capturer Véga, expliqua-t-il. Il ne faut pas les laisser faire et il faut en profiter. Nous passons là où le bois touche presque les remparts et nous entrons par la porte ouverte !

Et il suivit les premiers qui s'ébranlèrent pour suivre ses ordres. Les autres suivaient. Il retint son souffle lorsqu'ils traversèrent l'espace libre entre le bois et le mur, mais pas un ennemi ne les remarqua. À ce moment, soit les Bijizés huaient Véga depuis les remparts ; soit ils attendaient en bas l'ouverture du portail pour aller la chercher. Puis, l'attention ennemie fut détournée par les combats avec la compagnie dirigée par Formi pendant que Hardy se glissait jusqu'à la porte avec sa compagnie. Trois secondes furent nécessaires pour que les Bijizés terminent l'ouverture et elles parurent les plus longues de sa vie à Hardy. Mais les ennemis étaient bien occupés par la compagnie de Formi car lui et ses soldats ne reçurent aucun projectile depuis le haut des remparts. Ensuite,

Hardy et sa compagnie se glissèrent à l'intérieur et ce fut la furie du combat contre les Bijizés qui restaient.

De son côté, par sécurité, Véga remonta dans un arbre. Depuis son perchoir, elle voyait que les deux compagnies s'employaient avec efficacité à pourchasser les derniers défenseurs. Elle était en sécurité car les deux Bijizés sortis sur l'esplanade s'étaient enfin aperçus de la présence des combattants humains et ils étaient retournés vers le château. Ils avaient été massacrés par quelques soldats restés à l'entrée.

Après avoir vaincu les Bijizés dans la cour du château, Hardy était rentré à l'intérieur des bâtiments avec sa compagnie. Ils se déplaçaient silencieusement dans la forteresse en éliminant l'un après l'autre chaque adversaire Bijizé comme Hardy avait appris à le faire dans l'armée. Dans les rangs des derniers défenseurs il y avait tous les Bijizés et certains esclaves humains très impliqués auprès des envahisseurs.

Par sécurité, Véga était toujours perchée dans son arbre. Soudain, un groupe de vingt esclaves humains sortit du château. Ils allaient libérer plus d'esclaves qu'ils n'en avaient jamais vus se réjouit Véga. Elle se demanda comment trouver un moyen de subsistance pour toutes les personnes libérées. Lorsqu'elle réfléchit, elle se rendit compte que beaucoup d'amies originaires de la région lui avaient dit qu'elles avaient des parents qui étaient esclaves à Bayal. Les personnes libérées trouveraient donc refuge dans leur famille.

S'il y avait une ou deux personnes sans famille, Véga se dit que sa mère avait assurément besoin de bras avec elle et Hardy combattant toujours par monts et par vaux. Le problème serait de le lui faire accepter. Ils pourraient certainement aussi intégrer quelques ex-esclaves dans leur compagnie militaire. À ce propos, il fallait espérer que les provisions du château étaient énormes car le niveau des ressources alimentaires serait préoccupant avec toutes ces nouvelles bouches à nourrir.

De son côté, Hardy achevait la conquête du château.

— Ça y est ! pensa-t-il.

Certains soldats dirigés par Hardy étaient montés pour aider Formi et sa compagnie. Ceux-ci en terminaient avec les derniers ennemis. Des exclamations soulagées commençaient à fuser.

— Ils n'étaient pas si terribles !

Hardy allait se détendre complètement lorsqu'une voix féminine et affolée fusa.

— Attention au petit maître !

Hardy eut juste le temps de se tourner vers le bruit et de parer le coup d'un jeune géant Bijizé qui arrivait à toute allure. Aidé de quelques soldats auvergnats, il réussit à le mettre hors d'état de nuire.

Un peu sonné par ce combat, Hardy revint au commandement après quelques instants. Lui et Formi ordonnèrent aux soldats de fouiller les lieux. En priorité, il fallait repérer les derniers ennemis. De plus, ils devaient récupérer le plus rapidement possible la nourriture, les armes et tout matériel qui serait utile dans les villages et les compagnies.

C'était une victoire complète ! Les soldats sur la muraille hurlaient de joie en faisant le « V » de la victoire avec leurs doigts.

De leur côté, Véga et d'autres personnes restées à l'extérieur veillaient et guettaient avec un peu d'angoisse les hélicoptères ennemis. Plus précisément, ils regardaient les hauteurs où étaient postés ceux qui faisaient le gué. En même temps, la jeune femme s'activait pour interroger les personnes libérées et déterminer où elles pourraient trouver refuge. Dès que les combattants auraient sorti tout ce qui était intéressant dans le château, il était prévu de le détruire et de repartir.

Véga n'était pas inquiète pour Hardy car l'un des soldats lui avait dit depuis les remparts qu'ils étaient victorieux et que Hardy était sain et sauf. Elle se disait qu'il lui faudrait un moment pour explorer tout le château et en extirper tous les ennemis qui s'y étaient cachés. Il fallait espérer qu'ils en auraient le temps avant que des Bijizés les attaquent pour reprendre le château. Il n'y avait que trois blessés légers de leur côté qui allaient occuper les infirmières quelques temps. Les autres personnes, à part les guetteurs et Véga, fouillaient et sortaient tout ce qui était utilisable.

17.
Une grande victoire

France, Montagnes centrales, Château de Bayal et alentours

Les combattants revenaient maintenant après une bataille brève et intense et plusieurs heures de fouille du château. Il n'y avait pas eu d'autres Bijizés oubliés, que le « petit maître » qui avait attaqué Hardy. On racontait partout l'histoire de Lisa, la jeune orpheline qui avait aidé Hardy à supprimer ce dernier ennemi. Infatigable, la jeune fille aidait maintenant à l'infirmerie. Véga se disait qu'elle pourrait peut-être l'envoyer chez Margot ensuite. Celle-ci ne refuserait pas d'accueillir une pauvre orpheline qui avait quelques compétences médicales.

Une femme de la compagnie de Formi se tenait maintenant à l'entrée du château pour noter ce qui en sortait. Pour l'instant, il y avait dix chariots de nourriture, un chariot complet d'uniformes neufs à recycler en vêtements ordinaires, des ustensiles de cuisine, des meubles, du linge, des chaussures et même des livres car les Bijizés n'avaient que sommairement emménagé quelques pièces et le reste des logements étaient restés en l'état. Chaque chariot ferait plusieurs voyages jusqu'à une grotte à proximité. Ensuite, les compagnies détruiraient le château afin qu'il ne puisse plus être utilisé par les Bijizés. Les artificiers commençaient à poser des charges explosives pour détruire le bâtiment rapidement si des extraterrestres arrivaient avant la fin du transbordement.

Le retour fut triomphal. Chacun était euphorique en songeant aux provisions sorties du château. La famine était finie ! En traversant le village de Cachant, le plus près du château, ils furent acclamés par une haie de villageois. Ils furent embrassés félicités... Et même nourris ! Tout le monde était sur un nuage.

Ce ne fut que le lendemain alors qu'ils avaient dormi dans un abri sûr que Véga se dit que les villageois étaient peut-être en danger après la reconquête de la veille. Comme tous les soldats étaient dans un état comateux après les réjouissances, elle y alla elle-même après avoir laissé un mot à Hardy.

Fort heureusement, les villageois n'avaient vu personne. Elle enroba les choses sous « les Bijizés étaient loin, mais maintenant il faut vous protéger ». Le maire la rassura en souriant de sa confusion.

— Vous êtes sûrs qu'il n'y a aucun danger ? En tout cas nous avons pris nos précautions cette nuit, nous n'avons pas dormi chez nous et nous allons le faire pendant encore quelques temps. Il y avait trop d'esclaves de chez nous à Bayal. Maintenant nous sommes méfiants. Vous croyez qu'ils vont revenir ? demanda le maire.

— Je ne sais pas. Je suis inquiète aussi. Je vais interroger les anciens esclaves pour savoir pourquoi les ennemis n'ont pas encore réagi et je vous informerai, promit-elle.

L'après-midi même, Hardy et les autres émergèrent de la torpeur consécutive à la fête et Véga put trouver le temps d'interroger les anciens esclaves sur le manque de réaction des Bijizés. D'abord, elle ne trouva rien : aucun esclave ne semblait avoir eu l'idée d'apprendre la langue. Même les ex-esclaves qui étaient contremaîtres ne savaient que quelques mots. Enfin, elle eut l'idée d'aller voir Lisa, la jeune fille qui avait évité à Hardy une grave blessure en le prévenant de l'attaque d'un Bijizé. Elle la remercia et entama la conversation.

— Comment savais-tu qu'il allait attaquer et pas continuer à se cacher ? demanda Véga.

— Euh. Euh…, balbutia Lisa atrocement gênée en se tortillant.

— J'attends.

— Ça se voyait, fit Lisa.

— Ça se voyait comment ?

Lisa rougit et se tortilla de plus belle.

— Moi je vais te dire ce que je pense, dit Véga, furieuse. Je pense que tu me caches quelque chose !

— Il se parlait à lui-même. Il a dit : je vais attaquer.

— Et en quoi est-ce gênant de me le dire ? répondit Véga étonnée.

— Nous avons tellement souffert. Nous ne voulons rien avoir à faire avec l'envahisseur. Il y en a même qui trouvent que c'est traître d'apprendre la langue, répondit Lisa au bord des larmes.

— Il va falloir régler ça car si nous avons réussi à vous libérer c'est parce que certains d'entre nous connaissent la langue et qu'ils ont pu glaner des renseignements un peu partout. Je ne veux plus entendre qu'il ne faut pas apprendre la langue ! Tu m'entends ! Et tu vas déjà me dire ce que tu as entendu d'intéressant.

Véga criait tellement elle était furieuse. Les gens derrière Lisa se recroquevillaient et s'enfuyaient. Véga s'en aperçut.

— Excuse-moi, dit-elle. Ce n'est pas ta faute si tes collègues ont été bêtes. Tu mérites une récompense pas une engueulade. Si tu es d'accord, je vais demander à ma mère pour qu'elle te prenne chez elle. Elle est guérisseuse et avec son jardin, tu n'auras pas tellement à te soucier pour manger.

— Euh… Oui j'aimerais bien.

— En attendant, j'ai d'autres questions pour toi. Peut-être pourras-tu mieux répondre que les autres puisque tu connais la langue.

Lisa approuva de la tête.

— Pourquoi d'autres envahisseurs ne sont pas encore intervenus pour reprendre le château ? reprit Véga.

— Les autres n'auraient pas voulu intervenir s'ils avaient demandé.

— Pourquoi ?

— Ils se moquaient de nos Bijizés. Ils disaient qu'ils étaient des bouseux punis dans un endroit où il ne se passe jamais rien et qu'ils avaient des problèmes plus importants.

— C'est très intéressant. Peux-tu répéter cela aux commandants ?

— Non ! Non ! Non ! J'ai peur !

— Ne t'inquiète pas. Ce ne sont pas des extraterrestres ces commandants. Ils ne vont pas te manger, répondit Véga.

— Oui.

— Bon. Tu viens. C'est un ordre. Il n'y aura qu'un commandant et il ne dira rien ! dit Véga.

Ainsi fut fait. Lorsqu'il entendit l'histoire de Lisa, Hardy fut aussi énervé que Véga par le fait que les gens n'aient pas appris la langue lorsqu'ils en avaient eu l'occasion. Il réunit tout le monde et le leur expliqua.

Les jours suivants furent bien occupés pour Véga. Il lui fallait interroger les anciens esclaves, répartir les biens récupérés et enfin trouver un point de chute pour tous. Hardy et Formi négociaient activement les répartitions de ressources.

Ils faisaient aussi des projets communs : utiliser le tunnelier, attaquer un autre château occupé. Un peu grisés par leur succès, ils avaient hâte que cela se concrétise.

Les autres entretiens avec Lisa ne donnèrent pas beaucoup plus de renseignements parce que, comme l'avait dit Lisa, les Bijizés d'Auvergne étaient très mal considérés. D'après Lisa, lorsqu'ils contactaient des Bijizés d'autres régions, ils obtenaient rarement satisfaction et ils étaient considérés comme « faibles ». Ils préféraient contacter d'autres châteaux Auvergnats occupés et elle put en citer deux : La Chasse et Mont-Dore. Ce qui donnerait matière à réflexion pour de prochaines attaques d'envergure aux combattants...

La compagnie du Limousin, ainsi qu'on appelait maintenant Formi et ses compagnons, repartit. Il était convenu qu'on se reverrait bientôt pour exploiter le tunnelier : Formi connaissait le conducteur et Hardy le technicien.

Pendant tous les interrogatoires, Véga avait eu des nausées. Ce n'était pas ce que disaient les interrogés qui la dégoûtait particulièrement.

— Non, ce n'est sans doute pas ça, se dit-elle.

Elle pensait être enceinte. Elle ne le saurait que dans quelques mois car les tests qui auraient permis de s'en assurer rapidement avant l'invasion n'étaient plus disponibles ou étaient périmés. Allait-elle devoir rejoindre Lisa chez Margot pour la durée de sa grossesse ?

Excepté Lisa, les autres anciens esclaves avaient trouvé refuge chez des parents qui les avaient accueillis avec d'autant plus de joie que Hardy leur avait donnés un peu de provisions trouvées dans le château. Ils n'avaient pas intégré d'anciens esclaves comme combattants car aucun n'avait émis le désir de faire partie des libérateurs. C'était sans doute un contraste trop violent avec leur ancienne vie. Donc, ils ne seraient pas de trop avec la compagnie du Limousin pour libérer d'autres châteaux. C'était une des raisons pour que Véga ne soit pas remplie d'une joie sans mélange à l'arrivée de son bébé. L'autre raison était qu'elle pensait qu'il n'y avait pas assez de sécurité pour ce bébé.

18.
Ted, le meilleur ami de Jon

Livingstone, Amériga

Jon contemplait la ville satisfait. Avec Ted, il se trouvait sur l'un des plus hauts immeubles du centre-ville de Livingstone. Si l'on faisait abstraction de quelques immeubles d'affaires récents et excentrés, la ville s'étalait à ses pieds. D'abord, il se trouvait sur les immeubles rougeâtres du centre-ville, un peu plus loin des immeubles moins hauts en briques rouges des quartiers d'habitation : ces immeubles étaient entrecoupés de quartiers d'activité commerciales et de bureaux. Au-delà des maisons particulières, le soleil se levait dans un superbe dégradé de rose et d'orange avec une boule de feu au milieu.

Depuis qu'il faisait partie de la mafia, Jon aimait contempler ainsi le lever de soleil depuis les toits du centre-ville. C'était son boulot d'être là à ce moment-là. En effet, Jon et Ted n'avaient désormais plus besoin de l'aide du jeune homme pour les diriger, désactiver les systèmes de sécurité et choisir les vols à effectuer. Ils avaient même eu une promotion parce qu'ils étaient devenus cambrioleurs dans les plus riches appartements de la ville. Le matin, ils se positionnaient sur les toits en attendant que les habitants sortent de leurs appartements pour vaquer à leurs affaires. Ils avaient ensuite tout loisir pour voler des bijoux et d'autres objets précieux.

Il leur arrivait aussi de rester le soir. En effet, c'était le moment où les belles dames sortaient leurs joyaux pour briller lors des soirées. Ces moments de repérage étaient aussi des moments de ravissement pour Jon qui savait aussi apprécier toutes les merveilles de la nature comme les levers et couchers de soleil … Les soirs d'affut, Ted devait toujours le houspiller pour qu'ils regagnent leur abri sans se faire remarquer et sans que leur le maître de la mafia ne s'impatiente.

Ce soir-là, malgré la beauté du crépuscule, Jon était mal à l'aise parce qu'il avait encore fait un rêve qu'il estimait prémonitoire.

— Ce ne sera surement pas ce soir, le rêve, se persuada-t-il parce qu'il lui semblait que le moment était trop apaisé pour un drame.

Les membres engourdis par la longue attente, il bougea légèrement dans les ombres du soir. Ce qui attira l'attention d'un policier dans la large rue en bas de l'immeuble. Dans les mois précédents, les deux enfants avaient déployé beaucoup d'activité et leur portrait était en tête de liste des suspects. Aussi, le policier identifia-t-il facilement Jon dont la chevelure rouge et le visage facilement reconnaissables étaient visibles depuis le bas. Il appela discrètement ses collègues pour vérifier le portrait-robot puis déclencher l'assaut pour l'arrestation.

Les deux garçons n'avaient rien vu. Ils continuaient à épier le couple. Ceux-ci se disputaient car la femme voulait emporter plus de choses pour leur voyage et l'homme les rejetait. Dix minutes plus tard, le couple semblait avoir fini ses bagages et être prêt à partir. Jon jeta un coup d'œil dans la rue et vit plusieurs véhicules de police. Il regarda mieux et en vit plus encore avec les policiers qui se répandaient dans la rue.

Les deux garçons coururent de l'autre côté du quartier en passant d'immeuble en immeuble suivant un chemin parfaitement connu d'eux car ils vivaient maintenant pratiquement sur les toits depuis plus d'un an. Ce n'était pas la première fois qu'ils fuyaient ainsi car la mafia leur faisait prendre de plus en plus de risques en leur demandant de ramener toujours plus de bijoux. Et s'ils n'étaient pas pris, ce ne serait sans doute pas leur dernière fuite, mais aujourd'hui, qu'est-ce que Ted était lent ! Ils n'auraient pas dû chercher ce cambriolage alors que Ted ne se sentait pas bien, mais les sbires du parrain leur avaient tellement mis la pression ! Les deux garçons courraient pour essayer de distancer les policiers.

À ce moment-là, Jon ouvrit instinctivement son esprit et sentit que les policiers commençaient à monter les escaliers de l'immeuble où ils se trouvaient quelques minutes plus tôt de l'autre côté du quartier.

— Baisse-toi ! Ils montent ! dit-il à Ted dans leur langue particulière en se baissant.

— Je les sens. Ils viennent pour nous, répondit Ted stressé.

Les deux garçons se baissèrent légèrement : grâce au muret entourant le toit en terrasse où ils se trouvaient et à leur petite taille, cela suffisait. Jon laissa son esprit vagabonder pour trouver un abri qui leur éviterait l'arrestation.

— Là ! dit-il en désignant une sorte de conteneur en plastique.

Minces et menus, ils se cachèrent sous le conteneur qui ne surplombait pas le sol de plus de dix centimètres. Devenant de plus en plus habile dans l'exercice de ses dons télépathiques, Jon laissa son esprit errer pour détecter le danger. Il se rendit compte que les policiers fouillaient consciencieusement les toits du quartier. Ils regardaient derrière chaque cheminée, dedans et dessous chaque élément se trouvant sur les toits terrasse. Ils étaient en danger d'être découverts !

Puis, il sentit que l'un des policiers l'avait vu et désignait la direction où ils se trouvaient. Cela le tétanisa et il se mit à trembler. Ted n'avait pas les capacités mentales hors du commun de Jon, mais, ils étaient si proches qu'il avait suivi cette sorte de promenade mentale.

— Qu'est-ce qu'il y a ? Qu'est-ce qu'il y a ? répéta fébrilement Ted.

— Ils vont nous trouver ! dit Jon complètement affolé.

— On pourrait aller dans l'appartement « du premier vol », dit Ted.

Ce n'était pas vraiment l'appartement de leur premier vol, mais c'était un endroit où ils retournaient souvent car c'était une bonne cachette. Jon regarda mentalement dans l'appartement « du premier vol » : les meubles étaient toujours sous des housses, le système d'alarme était désactivé et il n'y avait personne, mais le chemin le plus court pour cet appartement était séparé du quartier où ils se trouvaient par une ruelle de presque un mètre de large. S'ils arrivaient dans ce quartier bien connu d'eux, ils pourraient aussi se glisser dans un des tous petits recoins repérés à l'avance comme cachette et ils attendraient que leurs poursuivants se lassent de les chercher et s'en aillent. Les policiers avaient tellement à faire qu'ils ne s'attardaient généralement à la poursuite d'enfants voleurs que jusqu'à l'appel suivant qui requerrait leur attention.

Ted s'arrêta devant la ruelle qui séparait leur pâté de maisons de celui de l'appartement « du premier vol ». Jon avait déjà sauté.

— Je ne peux pas ! s'écria Ted. Je suis trop faible !

— Prends le grappin, dit Jon en sortant l'objet donné par Thierry quelques jours plus tôt.

— Non ! Je n'ai pas le temps.

— Vas-y, saute ! répondit Jon, Ils sont trop près !

C'était vrai. Les forces de l'ordre arrivaient de deux côtés à la fois derrière Ted.

— Pars ! Je connais ici un endroit pour un enfant. Je te rejoindrai ! dit Ted qui était plus maigre que Jon.

Jon continua à fond de train jusqu'à l'appartement aux meubles sous des housses. Il ne fut pas poursuivi. Il ne comprit ce qui s'était passé que lorsqu'il essaya de contacter Ted depuis sa cache. En effet, à la place de l'esprit de son ami, il ne trouva qu'un corps vide entouré de policiers qui gisait dans la ruelle que Ted n'avait pas pu sauter.

— Je devrais mieux écouter mes rêves, pensa Jon, paralysé par le drame.

Comprenant qu'il n'y avait plus de danger d'être repéré, Jon sortit de sa cachette et s'assit sur un toit quelques minutes plus tard. La rambarde en pierres de la terrasse le protégeait des regards. De plus, avec la mort de Ted, il s'obligeait à ne penser à rien, ce qui déjouerait les investigations télépathiques. Son deuil était si grand qu'il n'avait plus qu'une envie primaire : fuir et trouver un endroit sûr. Mû par une pulsion irrésistible, il courut vers la porte-fenêtre de la terrasse, l'ouvrit et alla se cacher dans la penderie de la chambre de l'appartement. Puis, il pleura et s'endormit.

19.
Le communicateur Bijizé

France, Auvergne et Limousin

Après la prise du Château de Bayal, les compagnies d'Auvergne et du Limousin avaient passé plusieurs mois à en gérer les suites : trouver une place aux anciens esclaves, se répartir les biens récupérés et détruire la forteresse pour décourager les Bijizés d'y retourner.

Après cela, Véga était retournée vivre à plein temps chez Margot pour la fin de sa grossesse. Hardy resta cantonné avec la compagnie dans la grotte où ils habitaient. Lisa, l'ancienne esclave de Bayal qui avait sauvé Hardy, vivait désormais avec Margot et l'aidait aussi bien pour les tâches agricoles que dans sa fonction d'infirmière-guérisseuse-sage-femme. Lisa était une jeune femme intelligente qui avait commencé des études de médecine avant l'invasion.

L'arrivée du bébé de Véga était prévue dans quelques mois. À dix-huit ans, elle se sentait trop jeune et pleine d'appréhensions pour cet évènement. Par contre, elle voyait cet enfant comme une sorte de compensation après le vide laissé par les nombreux disparus consécutifs à l'invasion. Margot était de son avis.

— J'aurais aimé que tu attendes un peu pour me faire grand-mère, avait-elle dit. Cependant, nous avons perdu tellement de proches qu'une naissance est merveilleuse.

La prise du château de Bayal avait valu une immense popularité à ses commandants. Dans l'immédiat, l'objectif de

Hardy n'était pas la conquête d'autres places fortes Bijizés, mais la sécurisation des lieux de vie des habitants de la région en faisant ce qu'il avait déjà fait chez lui : installer des alarmes sur les accès aux villages et construire des abris de secours pour chacun. De plus, le tunnelier avait été mis en fonction, ce qui facilitait bien des choses. L'appareil était en train de creuser un tunnel de communication dans la vallée de l'Allier entre le Limousin de Formi et l'Auvergne de Hardy.

En attendant, les gens râlaient parce que l'installation d'abris les obligeait à des travaux de construction pendant l'hiver. Mais Hardy répétait inlassablement que cela éviterait que les extraterrestres les prennent comme esclaves ou pire. Et personne ne doutait que cela puisse arriver car presque chaque village hébergeait ou connaissait un esclave libéré par Hardy. Ce qui rendait beaucoup plus réelle la menace des envahisseurs pour ceux qui n'en avaient jamais vus.

Quelques mois plus tard, l'accouchement de Véga commença. Véga était à la fois soulagée et un peu inquiète. Comme toutes les futures mamans, elle en avait marre de se traîner partout avec son gros ventre et elle était impatiente de tenir enfin son bébé dans ses bras. D'un autre côté, elle angoissait un peu à l'idée de passer la phase délicate de l'accouchement sans aucun médecin.

— Ma mère est la sage-femme la plus compétente de la région, mais elle n'est même pas là ! maugréa Véga à Lisa. Quelle malchance qu'elle soit partie pour un autre accouchement.

— Si tout se passe bien, nous n'aurons même pas besoin d'elle, lui répondit Lisa. Si le bébé a du mal à sortir, Margot aura largement le temps de revenir.

Lisa eut beau lui répéter la même chose pendant plusieurs heures, Véga avait l'impression purement psychologique qu'il fallait aller chercher immédiatement sa mère, même si elle savait que c'était déraisonnable. Une voisine se tenait prête à aller chercher Margot en cas de grande difficulté.

Finalement, Margot rentra d'elle-même un quart d'heure avant la fin sans qu'on ait réellement besoin de son aide. Elle ne fit que superviser le travail de Lisa en ne touchant l'enfant que lorsqu'il fut entièrement sorti, mais sa présence et ses conseils rassurèrent tout le monde. La maman et le bébé allaient bien comme les gens disaient autrefois sur les faire-part de naissance. Deux amies de Véga s'occupèrent de le nettoyer pendant que Margot sortait quelques douceurs pour fêter l'événement avec les voisins venus aux nouvelles. On parla surtout du nouveau tunnel que Hardy faisait creuser dans la vallée.

— Le tunnel va améliorer les communications parce que nous pourrons aller dans le Limousin sans danger, répéta Véga.

— Et est-ce que Hardy voudrait devenir président des Montagnes Centrales ? De l'Auvergne et du Limousin ? C'est pour cela qu'il voudrait attaquer un autre château ?

Les Montagnes Centrales au sud de Paris englobaient l'Auvergne, le Limousin et la région de l'Ayrède située immédiatement au sud.

— Hardy veut expulser les envahisseurs des Montagnes Centrales. Si cela passe par devenir président, il deviendra président, mais il préfère le combat aux tâches administratives, répondit Véga.

Les sentiments mitigés de Véga pour sa grossesse étaient dus à l'insécurité. Ils disparurent à la naissance de son fils.

Quelques jours plus tard, Hardy était en visite chez Margot. Ils avaient décidé d'appeler leur fils Alexandre. Le bébé était très vigoureux et volontaire.

— C'est un vrai petit conquérant comme Alexandre le grand ! s'extasiaient les gens.

Véga envisageait de prendre le nourrisson avec elle dans la caserne où logeait la compagnie. En attendant ce moment, chez Margot, ce fut une période tranquille où Hardy passait souvent expliquer le plan de sa prochaine attaque qui mûrissait lentement.

Le projet de Hardy était flamboyant car il s'agissait de libérer tous les châteaux des Montagnes Centrales. Il en avait établi une liste : Mont-Dore, Haut-Puyrède, Saint-Ambrie et La Chasse le plus difficile. Pour chaque château, il étudiait sa situation sur une carte et la stratégie à adopter. Le seul château qui paraissait inaccessible était celui de La Chasse situé sur un piton rocheux inaccessible au tunnelier.

— Si tu libères les autres châteaux sans blessés, ce sera déjà merveilleux, lui dit Margot.

— Je vais certainement trouver quelque chose pour La Chasse, répondit Hardy. Peut-être que je trouverai comment faire en libérant les autres châteaux.

Pour l'instant, la priorité des deux compagnies était d'attaquer le château de Mont-Dore en Limousin. Les extraterrestres de cette forteresse stratégiquement située en hauteur, au milieu de la région étaient particulièrement gênants. Ce château était fortifié autour d'une cour centrale et il était posé sur une colline plus arrondie qu'escarpée. Hardy prévoyait que la forteresse serait facile à libérer.

L'ouvrage faisait beaucoup moins sauvage que le château de Bayal. Et cela avait peut-être une influence sur la considération dont jouissaient ses habitants extraterrestres. Lisa avait dit qu'ils avaient plus de rapport avec leurs dirigeants que les autres et il semblait que plus les Bijizés étaient considérés, plus ils étaient actifs contre les humains. Ce château était le plus actif de tous les châteaux occupés du centre du pays, mais tout de même moins actif que les envahisseurs de la région parisienne. Formi avait eu fort à faire entre ce château et celui de Bayal. Il continuait à pester, alors que du côté de Hardy, il n'y avait jamais eu aussi peu de nuisances dues aux Bijizés depuis leur arrivée en Auvergne.

Hardy partit avec la majorité de sa compagnie, mais sans Véga, pour l'attaque de Mont-Dore. Cette fois, c'était son tour de fournir une compagnie d'appui à la compagnie du Limousin. Bien entendu, il avait ordonné à une « brigade de sécurité » de rester à la maison pour préserver la défense de l'Auvergne. Comme membre au repos de cette brigade, Véga, maman d'un tout petit bébé, se fit du souci à la maison avec Margot.

Heureusement, l'assaut fut victorieux ; mais la victoire fut longue et difficile à obtenir. Les commandants avaient formé trois brigades à partir de leurs deux compagnies : une brigade du Limousin commandée par Formi, une brigade Auvergnate, embarquée dans le tunnelier et une brigade mixte avec des combattants issus des deux compagnies.

La brigade du Limousin avait prévu d'attaquer le château comme au moyen-âge avec des arcs, des flèches et un gros tronc d'arbre pour enfoncer la porte. Les assiégés avaient bien ri en les voyant, n'imaginant pas une seule seconde que cela put fonctionner. Puis, ils s'étaient précipités en bas lorsqu'ils avaient entendu le remue-ménage provoqué par le travail de sape du tunnelier au pied des murailles. Ce bruit avait sauvé la compagnie du Limousin d'une riposte rapide et dévastatrice. Mais ce bruit avait aussi empêché la brigade embarquée de sortir de l'engin car les ennemis l'avaient entouré dès qu'ils l'avaient entendu arriver sous la cour après avoir provoqué l'effondrement des murailles. Les soldats humains avaient été très chanceux car la brigade du Limousin et la brigade mixte avaient réussi à enfoncer les portes rapidement et les soldats avaient pu libérer le château sans l'aide de la brigade embarquée.

Malheureusement, il y avait quatre blessés parmi les Limousins, et deux morts parmi les Auvergnats. Ainsi Hardy revint troublé car il s'agissait des deux premiers morts depuis son arrivée dans cette compagnie.

— Il faut absolument que tu viennes pour la diversion la prochaine fois, dit-il à Véga. Et je vais interdire l'utilisation d'un bélier pour enfoncer les portes d'une forteresse.

— Je viendrai la prochaine fois mais il faudra trouver une autre personne capable de diversion en cas de congé comme aujourd'hui ou d'une autre absence... Et il faudrait trouver une autre diversion efficace au cas où celle-ci serait éventée, répondit Véga.

— À propos de remplaçant, j'ai proposé à Isaac de prendre André comme apprenti conducteur de tunnelier.

André était un jeune migrant venu d'Afrique qui était passionné par les engins de chantier.

— Ça lui conviendra bien, dit Véga.

Il y avait un autre point positif en dehors du fait que le château de Mont-Dore avait été pris : ils avaient fait un prisonnier lors de l'attaque. Avec son peu de vocabulaire, Hardy avait essayé de parler avec le Bijizé et, à son grand étonnement, il n'avait pas l'impression que celui-ci était au courant de la prise du château de Bayal. Par conséquent, les commandants avaient pris le risque de préparer les explosifs, mais de ne pas détruire le château de Mont-Dore.

Véga allait partir très vite pour le Limousin pour vérifier que les Bijizés ignoraient la libération de Bayal et pour interroger le prisonnier sur bien d'autres sujets. En attendant Véga, la compagnie du Limousin s'entraînait à parler la langue. En voyant ce que Hardy pouvait apprendre avec seulement quelques notions de Bijizé, les soldats avaient enfin compris l'importance d'apprendre la langue et de faire des prisonniers.

Bien sûr, la compagnie d'Auvergne était revenue avec d'anciens esclaves à caser, de la nourriture, des outils et des vêtements. Sans les morts, tout le monde aurait été très heureux.

Il n'y avait pas d'informations supplémentaires au sujet du château de La Chasse. Ni Formi, ni son entourage n'en avaient entendu parler. Ils avaient promis de se renseigner. Mais comme ils vivaient plus loin que Hardy de La Chasse, celui-ci devrait sans doute compter sur d'autres sources.

Par contre, Lisa eut une bonne idée.

— Je pourrais aller au château de Mont Dore avec Véga, dit-elle, pour essayer de remettre en fonctionnement le système de communication Bijizé.

— Il y a un système de communication ? Tu aurais dû nous en parler !

— Je n'y ai pas attaché d'importance car je ne voyais pas comment l'utiliser. Mais en y réfléchissant… Si le Bijizé prisonnier me donne quelques indications, peut-être que je pourrai apprendre à l'utiliser à Mont-Dore.

— Tu aurais dû en parler quand même, dit Hardy mécontent. Tu vas obligatoirement à Mont-Dore avec Véga.

— Il ne faut pas que les ennemis se doutent que nous utilisons le communicateur, intervint Margot. Comme cela, nous pourrons l'utiliser pour les espionner.

— Ça paraît une bonne idée, répondit Hardy. Margot, nous pouvons t'enlever Lisa quelques jours ?

— Elle m'est déjà indispensable. Vous savez ! répondit Margot avec un sourire et un clin d'œil mais en réalité j'ai surtout besoin d'un homme fort ces temps-ci, comme toi Hardy !

— Hum, je vois. Je vois, répondit Hardy souriant. Hum, je vais prendre des vacances d'homme fort et studieux ici pendant que ces dames iront se promener.

— Oui exactement ! C'est une bonne idée d'écouter les conversations ennemies, répondit Margot. Mais tu ne pourras pas aller aussi loin avec Alexandre, reprit-elle en se tournant vers sa fille. Je serais heureuse et moins inquiète de l'avoir ici un peu plus longtemps.

Lorsque Véga et Lisa arrivèrent en Limousin quelques jours plus tard, les geôliers du prisonnier avaient déjà bien avancé dans la compréhension de la langue parce que celui-ci était bien plus bavard que celui de région parisienne auquel avait été confrontée Véga. Il parlait tout seul de choses et d'autres et ne rechignait pas à donner la traduction d'objets bien que ce soit d'un air hautain quasi insupportable.

— Je pense que tu es trop barbare pour utiliser cela, lui dit Véga en lui montrant une photo du communicateur.

— Où as-tu eu ça ? Nous n'avions pas d'images comme cela ici !

— Je l'ai faite.

Le Bijizé les contempla bouche-bée. Visiblement, il pensait que les humains n'étaient pas assez civilisés pour savoir faire des photos.

— Je vois que tu ne sais pas grand-chose, dit Véga narquoise. La machine reçoit de l'énergie. J'ai vérifié. Alors ? Tu es trop barbare pour l'utiliser ?

— Non ! Tu appuies là pour démarrer, ensuite tu te mets là pour écouter, dit le Bijizé en mettant ensuite la main sur sa bouche comme s'il avait révélé quelque chose de secret.

— De toute façon, tu es trop barbare pour l'utiliser, ajouta-t-il en se rassérénant.

Sans répondre, Véga et Lisa allèrent allumer l'engin pour un essai d'écoute. Ce soir-là, à leur grande déception, elles n'entendirent que des parasites. Le lendemain, Véga montra au prisonnier une nouvelle photo du communicateur avec l'écran éclairé. Celui-ci les regarda avec des yeux ronds.

— Vous ne devriez pas savoir comment faire, leur dit-il d'une voix sceptique. Vous devriez avoir été esclaves depuis votre naissance pour savoir comment faire.

— Nous avons réussi parce que nous sommes plus intelligentes, répondit Véga exaspérée. Tu vas me dire pourquoi on n'entend pas d'autres Bijizés parler.

Le prisonnier se bloqua et ne voulut plus répondre. Après quelques menaces, il retrouva la parole.

— La plupart du temps, dit-il, nous n'entendons rien sur cette machine parce que les chefs ne nous appellent presque jamais.

— Et les autres Bijizés de la région ? Vous ne leur parlez pas ? dit Lisa.

— Non, ils ne sont pas importants.

Le lendemain, les deux femmes eurent la surprise d'entendre une voix dans le communicateur lorsqu'elles l'activèrent. Comme elles ne savaient comment répondre, elles restèrent coites malgré les menaces que l'on proféra. En effet, la voix pensait que ses interlocuteurs étaient là mais ne répondaient pas. Véga enregistra la fin de l'appel sur son smartphone.

Quelques instants plus tard, elles firent écouter cet enregistrement au prisonnier. La réaction du Bijizé dépassa leurs attentes. Inquiet des conséquences à l'idée que le chef appelle sans réponse appropriée, il leur indiqua exactement comment répondre et que dire.

— Vous dites que le communicateur n'a pas bien supporté le voyage et qu'il était en panne hier. Vous dites qu'il y avait

trop de parasites pour comprendre. Avez-vous compris ?
Répétez ! dit le prisonnier.

— Et quand est-ce que je vais être libéré ? Ils vous
prendront comme esclaves pour communiquer maintenant !
ajouta-t-il avec une considération nouvelle dans la voix.

Le fait que les instruments de communication ne
supportent pas bien le voyage interstellaire parut
vraisemblable à Véga car les instruments électroniques
humains ne supportaient pas les chocs, les ondes et les
changements de température sans protection.

— Avec cette excuse, nous pourrions certainement
tromper longtemps les ennemis en leur faisant croire que leurs
subalternes sont toujours là, pensa-t-elle.

Cependant, peut-être que l'information sur les
communicateurs qui supportaient mal le voyage stellaire était
fausse. Elles décidèrent donc avec la compagnie du Limousin
que ces derniers allaient perfectionner leurs accents et trouver
un moyen de brouiller un peu leurs voix avant de répondre au
communicateur en feignant d'être l'un des Bijizés de la
garnison.

20.
Jon écoute Aiguebelle

Amériga, Ville de Livingstone

Dans le placard où il s'était réfugié, Jon se réveilla deux jours après la mort de Ted. Au début, il se demanda ce qu'il faisait là. Puis, la mort de Ted s'imposa de nouveau à lui. Pendant quelques heures encore, il se trouva désemparé. Ensuite, il se demanda s'il pouvait sortir discrètement et essaya d'explorer son environnement par l'esprit. Avec l'impression de se mouvoir dans la boue, il vérifia qu'il n'y avait personne dans l'appartement. Puis, il essaya l'extérieur mais cet exercice lui coûta trop et il y renonça. Il ne le savait pas, mais le choc psychologique de la mort de Ted avait altéré temporairement ses facultés mentales. Il retrouverait progressivement ces pouvoirs parce qu'il n'arrêtait pas de progresser et d'innover dans ce domaine.

Depuis la sortie au coffre géant avec le parrain quelques mois plus tôt, Jon n'était plus aussi confiant lorsqu'il allait déposer un butin à la mafia. Avec la mort de Ted, il savait qu'il serait en danger s'il retournait voir le parrain. La disparition de l'un des membres d'un binôme mafieux comme Ted entraînait généralement la disparition de l'autre.

L'appartement était un refuge tant que ses propriétaires n'étaient pas de retour, mais il ne se sentait jamais complètement en sécurité dans les logements qu'il squattait. En effet, les occupants pouvaient revenir ou quelqu'un risquait de l'apercevoir et de prévenir la police ou la mafia.

— Je vais appliquer les conseils de Thierry, pensa-t-il en songeant au jeune homme qui les avait initiés aux cambriolages, Ted et lui. Je dois toujours avoir plusieurs abris d'avance. Je n'ai plus qu'un refuge parce que Thierry connaissait les autres. Je dois donc en trouver d'autres.

Quelques heures plus tard, en fin de soirée, Jon se sentit mieux. Il explora mentalement le quartier où il se trouvait, mais les refuges y étaient déjà connus de Thierry. Malgré le traumatisme et la peur, il décida de retourner dans le quartier où Ted était mort car tous les immeubles y étaient neufs. C'étaient également des logements luxueux qui semblaient faciles à pénétrer. Ainsi, les premiers étages comportaient tous des balcons à balustrades dorées et les étages supérieurs comportaient des terrasses aménagées sur le toit des appartements en dessous.

Il alla à l'appartement du couple parti en vacances qu'il avait surveillé avec Ted avant l'intervention de la police. Puis, il inspecta l'étage de l'immeuble et revint à son refuge le moral regonflé par un air gai de musique qui flottait dans l'air et le distrayait de sa peine. Le cœur allégé, il s'endormit dans le placard.

Les jours suivants se passèrent un peu près de la même façon. Les systèmes d'alarme étaient plus difficiles à désactiver dans le quartier aux immeubles neufs, mais personne ne vint le déranger pendant qu'il mangeait de la viande fraîche ou des œufs dans les frigos qu'il trouvait. Ses explorations de ce quartier le menèrent de plus en plus haut en utilisant le grappin que Thierry lui avait donné une semaine plus tôt. Pour être discret, il l'utilisait toujours le soir à la nuit noire et la même musique entendue le premier jour illuminait ces incursions.

Au bout d'une semaine, il découvrit la source de cette musique une très belle femme jouait au piano tous les soirs au dernier étage d'un immeuble. Il l'écouta la moitié de la nuit, couché derrière les potées de sa terrasse. Il ne redescendit que lorsqu'elle s'arrêta.

En journée, par habitude, il épia parfois les habitants de ce nouveau quartier et surprit beaucoup de leurs cachettes. Cependant, il reprenait ses esprits avant de les cambrioler en se souvenant qu'il risquait la mort s'il retournait rapporter son butin au parrain.

Lorsque Jon avait été enrôlé de force par la mafia, le parrain avait manipulé son cerveau afin de le forcer à commettre des vols pour son compte. Sous l'effet de la pression psychologique du deuil, cette manipulation mentale se résorbait. Maintenant, Jon ne voyait plus l'intérêt d'entrer dans des appartements la nuit pour voler des objets précieux. Le parrain aurait refait toute cette programmation s'il était revenu dans ses quartiers, mais Jon resta conscient de ce qu'il risquait s'il rentrait sans Ted.

Les semaines suivantes, il revint écouter la pianiste sur sa terrasse chaque soir. La musique le rassurait et l'empêchait d'avoir peur le soir. Elle l'aidait à assumer la mort de Ted qui était à ses côtés depuis aussi longtemps qu'il se souvenait. La musique prenait toute la place dans sa vie. Elle l'apaisait, l'enchantait et le nourrissait presque entièrement. Il pensait de moins en moins au parrain.

Un jour, Jon eut une crampe et un mouvement brusque qui bougea légèrement la potée qui le cachait. Cela ne fit qu'un petit bruit, mais l'oreille exercée d'Aiguebelle, la pianiste le détecta. Elle se leva précipitamment et vit Jon derrière le pot de fleurs.

— Bonjour ! Tu m'écoutais ? Tu aimes ma musique ?

Jon fit oui de la tête. Inexplicablement intimidé par cette belle femme, il n'osa pas bouger. Elle resta immobile plusieurs minutes en le dévisageant. Bien qu'elle ne lise jamais les journaux et qu'elle ne sache rien de Jon, Aiguebelle avait un peu peur.

— Il a les mêmes cheveux que mon violeur, pensait-elle. Je n'avais jamais vu de cheveux de cette couleur auparavant.

Elle n'osait pas encore espérer que ce garçon fut son enfant. Elle n'avait jamais eu de sentiment de rejet à l'égard de ce bébé qu'elle avait conçu dans des circonstances si malheureuses.

— C'est très bien d'aimer la musique, dit-elle. Tu peux m'écouter aussi longtemps que tu le veux.

Jon la prit au mot et revint l'écouter chaque soir sur le balcon. De son côté, Aiguebelle se demandait si l'encourager ainsi à venir chez elle était bien prudent.

— Où dors-tu ? lui demanda-t-elle un soir alors qu'elle était assise sur son canapé.

Jon se leva et s'approcha d'elle. Il la surplombait et elle poussa un cri d'étonnement en voyant la grande cicatrice de son cou.

— Où as-tu eu cela ? dit-elle en montrant les restes de la tentative de meurtre.

— Je… Je ne sais pas.

— Tu l'avais même quand tu étais petit ?

— Oui. Louve me léchait souvent à cet endroit.

Aiguebelle se tut un long moment. Puis elle se remit au piano, mais visiblement, elle avait la tête ailleurs. Jon sentit mentalement qu'elle pensait à un homme et un bébé qui avaient la même couleur de cheveux que lui, mais il ne sut pas en imaginer les implications parce qu'il avait grandi sans parents.

Le lendemain, Aiguebelle lui posa d'autres questions.

— Tu n'as pas de papa ou de maman ?

— Non.

— Tu vis avec qui ?

— Avec mon ami Ted.

— Je n'ose pas te dire pourquoi, mais j'aimerais beaucoup que tu craches dans ce mouchoir, dit-elle en lui donnant un mouchoir en papier en espérant faire analyser l'ADN du garçon.

Jon fut surpris. Il dévisagea Aiguebelle en essayant de deviner ce qu'elle voulait faire avec son crachat.

— Pourvu qu'il accepte ! pensait-elle.

Ce qui ne renseignait pas Jon sur ses intentions.

— Tu pourras me donner de la viande et de l'eau ? demanda-t-il en saisissant l'occasion de se nourrir sans danger.

— Oui.

Il cracha. Aiguebelle mit le mouchoir dans une enveloppe pour l'envoyer au plus vite.

— Tu reviendras m'écouter ? demanda-t-elle.

— Oui, bien sûr. Tu me donneras à manger chaque fois que je viendrai ? De la viande ?

— Ah oui ! Tout de suite ! Je vais décongeler un steak.

Dès qu'il vit que le morceau de viande n'était plus gelé, Jon s'en empara et le mangea tout cru sous le regard éberlué d'Aiguebelle qui n'osa rien dire. Comme enfant sauvage de la forêt puis mafieux, il n'avait jamais mangé de viande cuite.

Pendant deux mois, Aiguebelle oscilla entre deux sentiments : soit elle avait l'espoir fou que son bébé ne soit pas mort, soit elle se traitait d'idiote de croire que son enfant ne soit pas mort. Jon revenait chaque soir, écoutait la musique et mangeait un morceau de viande crue.

Deux mois plus tard, la lettre du laboratoire tant attendue arriva. Jon était bien le fils d'Aiguebelle. Comme elle avait fait faire ces analyses sous un faux nom, personne ne se douta qu'elle avait un fils.

Elle vécut avec Jon à l'insu de tous. Celui-ci réalisa ainsi son rêve de vivre dans une famille normale.

21.
Hardy Président

France, Montagnes centrales

Fort de ses deux succès aux châteaux de Bayal et Mont-Dore, Hardy préparait l'assaut du château de Haut-Puyrède dans la région de l'Ayrède au sud du Limousin. Ce château était situé sur une belle colline dans les gorges de l'Ayrède et il coupait la route principale du secteur. Le groupe des chasseurs de l'Ayrède qui harcelaient les Bijizés dans le secteur, en avait donc demandé la libération. Ils formeraient une compagnie locale en appui des compagnies d'Auvergne et du Limousin pour l'assaut. Selon leurs renseignements stratégiques, la fin de l'approche discrète du tunnelier serait facilitée par les caves à quintuple niveau du complexe.

Cette fois, la stratégie adoptée copia celle de Bayal en version tunnelier : Véga à la diversion devant la forteresse, une brigade de la compagnie du Limousin dans l'engin creuseur à l'avant du château, les compagnies d'Auvergne et de l'Ayrède à l'attaque par derrière et la deuxième brigade de la compagnie du Limousin à l'assaut par devant à la fin de la diversion. On ajouta d'énormes haut-parleurs qui couvriraient les vibrations inévitables du tunnelier.

Cette stratégie fut très réussie car, cette fois, il n'y eut pas même un blessé. Et s'il n'y avait pas de prisonnier, Hardy n'avait pas vraiment besoin de renseignements car la prise de Mont-Dore datait d'à peine deux mois. Les esclaves libérés confirmèrent à leur façon que leurs anciens maîtres extraterrestres n'avaient envoyé aucun message par leur communicateur. En réalité, même ceux qui travaillaient à côté du communicateur toute la journée n'avaient aucune idée de la fonction de cette machine parce qu'elle ne servait jamais. Véga en conclut que remettre le communicateur de Haut-Puyrède en fonctionnement ne ferait qu'attirer l'attention. Dès lors, il n'y avait aucune raison de laisser la forteresse en l'état et elle fut détruite.

La réputation de Hardy et sa compagnie s'étendit. De toute part, arrivaient des messages pour que son « armée » aide à libérer des places fortes détenues par les envahisseurs. Toutes ces demandes, parfois désespérées, inquiétaient sa famille et ses soldats. Ceux-là l'exhortaient à la prudence.

— Je veux que tu te préserves pour l'avenir mon héros ! lui répétait Véga.

Hardy réfléchissait toujours à la stratégie de libération du château de La Chasse. Il était situé sur un piton rocheux et, dans ce cas, l'utilisation du tunnelier ne permettrait pas de l'atteindre par ses caves parce que l'appareil ne pouvait pas creuser de pente à plus de quarante-cinq degrés et il ne pouvait pas tourner de plus de vingt degrés. Ces limitations ne lui permettraient pas de manœuvrer à l'intérieur de l'étroit piton rocheux pour atteindre le niveau présumé des caves du château. Hardy butait depuis des mois sur cela sans parvenir à trouver la solution.

De manière inattendue ce fut Margot qui trouva l'astuce. Elle prenait un thé chez Vanessa, sa première accouchée, lorsque son amie évoqua les merveilleuses grottes découvertes juste avant l'invasion. Elles remontaient, disait-on, depuis la base du piton pratiquement jusque dans les caves du château de La Chasse.

— Margot est la solution à tous mes problèmes ! dit Hardy lorsqu'il apprit l'existence des grottes.

— C'est très exagéré ! Je ne l'ai pas fait exprès ! répondit Margot en riant.

— Mais si. Vous êtes allée boire le thé avec votre amie.

Hardy planifia la libération du château de La Chasse après celui de Saint-Ambrie. Ensuite, Hardy se mit à classer les demandes de libération de forteresses qui leur parvenaient de toute l'Europe en fonction de la faisabilité, de l'intérêt stratégique et de leur éloignement.

En fait, les nouvelles les plus inquiétantes venaient de Solugne. L'arrivée de Nathalie, de Laurent, de Lydie et de sa famille confirma ce que les autres réfugiés racontaient. Nathalie et Laurent avaient fini par réussir à rénover la maison habitée par Lydie et ils y avaient tous habité jusque récemment.

Mais les Bijizés étaient en train de faire la même chose en Solugne que ce qui était en cours à la campagne autour de la région parisienne un an plus tôt, c'est à dire qu'ils étaient en train de s'approprier toutes les terres de la région en tuant ou en soumettant à l'esclavage les humains qu'ils y trouvaient. La belle et la magnifique forêt de Solugne était désormais quasiment entièrement défrichée.

Désespérés par l'abandon de la maison de Solugne, Nathalie, Laurent, Lydie et sa famille s'engagèrent dans la compagnie d'Auvergne.

En ce qui concernait Hardy, ses plans immédiats prévoyaient la prise de La Chasse et de Saint-Ambrie les deux derniers châteaux des régions centrales aux mains des Bijizés. Hardy prévoyait d'abord d'attaquer Saint-Ambrie qui avait un peu près la même configuration que Mont-Dore. Ensuite, il envisagerait La Chasse qui semblait prenable, non pas par ses caves mais par sa rivière souterraine et son puit seigneurial. Ils n'auraient peut-être même pas besoin du tunnelier ! Ensuite, les combattants rêvaient de libérer toutes les forteresses de peu d'importance un peu partout sur le continent européen.

Par contre, Hardy et Véga s'inquiétaient de leur dépendance croissante à cet engin merveilleux qu'était le tunnelier. Ils essayaient de prévoir son entretien, sa réparation et, à plus long terme, son remplacement. L'usine était dans les Montagnes Centrales, mais ils se renseignaient pour trouver des usines capables de fabriquer certaines pièces dans le sud du pays, plus en sécurité. Le conducteur était également fortement incité à former plusieurs remplaçants.

Un autre souci venait des pluies d'automne et de printemps. Le climat continuait à se modifier malgré la disparition d'une part importante de la population mondiale. Cette population n'était plus là pour polluer et envoyer des gaz à effet de serre dans l'atmosphère, mais ils subissaient les effets des gaz relâchés dans l'air pendant les années et même les décennies précédentes. Ce que tous appréhendaient c'étaient les inondations qui rendraient impraticables les caves et tunnels où l'on se réfugiait en cas d'attaque des envahisseurs. Bien sûr, les pluies assuraient l'approvisionnement en eau et faisaient pousser les plantes, mais en trop grande quantité, cela risquait de provoquer des catastrophes.

Deux mois après la libération du château du Haut-Puyrède, la compagnie d'Auvergne se mit en route pour la prise de Saint-Ambrie. C'était une forteresse sur une colline sans difficulté particulière qui fut facilement investie. Le plan d'attaque s'appuya sur les compagnies du Limousin, d'Auvergne et une compagnie de résistance de Saint-Ambrie en copiant la stratégie utilisée pour la victoire du Haut-Puyrède. En prime, ils purent faire un prisonnier. Celui-ci confirma ce que les communicateurs leur avaient appris ; à savoir que les Bijizés ne se doutaient pas que la quasi-totalité des forteresses avaient été reprises dans les régions centrales.

— Où se trouve ton seigneur sur la planète ? demanda Véga.

— Je… je ne sais pas comment t'expliquer. Il est très loin, répondit le prisonnier.

Véga prit une feuille. Elle fit un point pour Saint-Ambrie et un point pour le vaisseau.

— Où se trouve le Seigneur ? dit-elle en lui donnant le crayon et la feuille.

— Je ne savais pas que vous saviez utiliser ça, dit-il en examinant les instruments d'écriture les yeux ronds.

Il traça maladroitement un rond sur la feuille à l'emplacement approximatif de Paris.

— Il est là, dit-il. Tu te feras tuer si tu vas le voir car il a beaucoup de chevaliers autour de lui. Tous les généraux sont avec lui.

Véga savait déjà que le Seigneur se trouvait dans une ville. C'était le deuxième prisonnier qui situait cette ville à Paris.

Les renseignements de l'extraterrestre fournirent à la compagnie de Saint-Ambrie la motivation nécessaire à l'apprentissage de la langue de l'envahisseur.

Comme au château du Haut-Puyrède, le communicateur de Saint-Ambrie n'était pas utilisé et Saint-Ambrie fut détruit. Pour répartir les ressources du château, ils firent comme au Haut-Puyrède, c'est à dire que la compagnie d'Auvergne ne rapporta que les fournitures intéressantes que les soldats et leur unique âne pouvaient porter.

À la maison, le courrier reçu devint monstrueux. Margot établit une stratégie pour que chaque lettre soit lue et qu'elle puisse éventuellement y répondre avec l'aide de Vanessa, Lisa et de quelques amies. Il y avait une lettre type à envoyer pour les demandes les moins intéressantes auxquelles elles ne jugeaient pas opportun de répondre en détail. Les lecteurs mirent à jour un carnet d'adresse de tous les correspondants et une carte des endroits intéressants : les principales forteresses occupées et les usines.

Les actions contre les envahisseurs s'arrêtèrent pendant quelques mois. Les soldats étaient fatigués et ils souhaitaient aider leur maisonnée pour les récoltes. D'anciens esclaves volontaires continuaient de surveiller le communicateur de Mont-Dore sans répondre. Les dirigeants Bijizés semblaient ne se douter de rien. D'après ce qu'ils disaient, il y avait peu de risque qu'ils viennent voir ce qui se passait. Pendant ce temps, les opérateurs surveillant le communicateur continuaient à apprendre la langue pour répondre plus tard en se faisant passer pour un membre de la garnison. Ils venaient voir Véga et Lisa pour échanger sur le vocabulaire, l'intonation et l'accent Bijizés.

Le réseau téléphonique recommençait à rendre la vie plus facile aux habitants de la région. Les Bijizés avaient découvert avec délice le réseau électrique et ils l'utilisaient. Par contre, ils ne semblaient pas s'être rendus compte qu'il y avait aussi un réseau téléphonique qui passait par des câbles différents. Dans les régions libérées, les gens pouvaient donc recommencer à utiliser le téléphone avec prudence, en codant les informations relatives aux combats. Mais les possibilités de communications étaient limitées par les coupures de réseau dues aux destructions provoquées par l'invasion Bijizé dans les villes.

Il y avait aussi un projet qui occupait Hardy une bonne partie du temps. Il s'agissait d'organiser des élections afin d'élire un président pour chaque région libérée : l'Auvergne, le Limousin, l'Ayrède et les régions du sud de la France. Les régions au sud de l'Ayrède n'avaient jamais eu de forteresses occupées par l'ennemi. En effet, les extraterrestres y avaient fait une incursion mortelle dans chaque ville lors de leur arrivée sur la planète, mais ils n'y étaient pas restés. Le projet électoral avait été initié par Formi qui voulait améliorer la gouvernance des régions pour organiser leur défense et financer certains équipements d'intérêt général comme les abris de village ou la réparation des lignes téléphoniques.

Finalement, après des négociations avec Hardy, ils avaient convenu que le mieux était que la gouvernance se fasse de manière pyramidale. Chaque région élirait un président et tous les présidents éliraient un président de la France libérée. Il ne faisait guère de doutes que les chefs de guerre actuels seraient élus à la tête de leurs régions respectives.

Quelques semaines plus tard, Hardy faisait campagne. Pour l'Auvergne, les sujets importants étaient la sécurité des Auvergnats et la lutte contre les envahisseurs.

À l'automne, Hardy fut élu président des régions libérées. Immédiatement après son élection, la compagnie d'Auvergne appuyée par des combattants locaux, libéra le château de La Chasse.

22.
Jon et Hardy

Amériga, forêt Canadienne

— Enfin seul, pensa Hardy.

Il n'aurait jamais cru que les grands espaces sauvages lui manqueraient autant.

Il parcourut des yeux la superbe grotte à stalactites où il s'était réfugié au milieu de la forêt Canadienne. Il se remémora toutes les aventures qu'il avait vécues au cours des dernières années, la mort de son père, l'invasion, sa rencontre avec Véga, leur mariage, la reconquête sur les extraterrestres Bijizés du sud de la France, son élection, puis sa démission de la présidence des régions libérées.

Ces dernières années, il avait ensuite parcouru l'Europe pour réduire l'emprise des Bijizés. Avec Karols son général Polonais, il avait conquis nombre de forteresses réputées être impossibles à prendre. Leurs deux compagnies s'étaient installées à Starkerwald au centre du continent.

Pour reconquérir les plus grands centres de commandement Bijizé, il avait formé le projet de demander de l'aide à l'ambassade Amérigaine en Itasie et de demander aux Itasiens de s'allier à une armée de reconquête, mais l'ambassade Amérigaine n'avait plus de contact avec le pays qu'elle était censée représenter et le gouvernement Itasien ne voulut pas attirer l'attention des Bijizés en les attaquant.

Suite à cet échec, il était parti en Amériga. En sus d'une aide armée, il espérait y trouver des compétences télépathiques. Des communications étaient encore possibles à l'est de l'Europe, là où les Bijizés étaient absents et les informations qui avaient filtré par les Polonais attestaient la présence de télépathe Amérigains. L'autre continent semblait donc détenir de nombreuses solutions pour l'Europe, il avait décidé de tenter ce dangereux voyage.

Là-aussi, ses espoirs avaient été déçus. Englués dans un combat contre leurs mafias, les Amérigains n'étaient pas disposés à l'aider et les responsables l'avaient regardé avec méfiance lorsqu'il avait évoqué les pouvoirs mentaux en lui répondant que cela n'existait pas.

Ces personnes mentaient manifestement. L'ami, Anglais comme lui, qui le logeait, avait assuré que cela existait, mais que ces personnes étaient des malfaiteurs très dangereux. Hardy en éprouvait une amertume à la mesure des espoirs qu'il avait nourris. Sa déception valait la longueur du voyage à pied qu'il avait fait pour arriver jusque-là. Il avait même pensé se suicider.

Tandis que Hardy ressassait son échec en Amériga, Jon s'était perdu dans l'immense réseau de grottes qui abritait Hardy. Considérablement affecté par la mort de sa mère et de sa tante, rendu aveugle par une blessure à la tête, il évoluait dans une sorte de brouillard désespéré. Alors qu'il marchait au hasard des couloirs, presque à bout de force, il arriva près de la grotte où s'était réfugié Hardy.

L'enfant s'approcha silencieusement sans se laisser voir. Accroupi dans le couloir d'accès à la grande caverne, il perçut avec étonnement que l'homme recherchait des télépathes.

— C'est peut-être un mafieu pensa-t-il. Pourtant, il a l'air de quelqu'un qui a l'habitude de vivre dans les bois.

Les mafieux venaient généralement en voiture pour la journée.

— Je vais l'observer pour savoir pourquoi il cherche des télépathes, se dit Jon.

Il observa l'homme longuement en espérant qu'il sortirait de la caverne et qu'il pourrait le suivre. A un moment, fatigué, l'enfant eut un mouvement brusque qui révéla sa présence. L'homme bondit sur ses pieds en pointant son fusil vers lui.

— Qu'est-ce que tu fais ici ? dit-il avec un air féroce.

— S'il te plaît, prends-moi avec toi. Je suis poursuivi par des méchants, exigea Jon.

— Tu pourrais aller voir la police.

Jon eut un mouvement de recul affolé.

— Je … je ne peux pas, bégaya-t-il. Si j'appelle la police, ils seront encore pires avec moi.

— Non, ce n'est pas un mafieu, pensa-t-il.

Hardy mit cette réaction sur le compte de la peur de ceux qui le poursuivaient. Son regard s'adoucit.

— Reste avec moi, pour l'instant. Je te protègerai et je trouverai quelqu'un pour s'occuper de toi, mais je ne peux pas t'emmener parce que je dois voyager vite dans des endroits trop froids pour toi.

— Je suis très résistant, répondit Jon.

Hardy fit non de la tête.

Jon compris qu'il était sauvé temporairement. Grâce à ses sens télépathiques, il savait qu'il n'y avait pas âme qui vive à des dizaines de kilomètres vers le nord, là où les pensées de l'homme l'emmenait.

— Raconte-moi comment tu t'es retrouvé seul dans les bois à des kilomètres d'une maison, demanda Hardy.

— Maman et ma tante Lily sont mortes, répondit Jon d'une voix hachée. Moi, j'ai été blessé et je me suis enfui. Ma tante Lily habitait dans la forêt. Elle m'avait un peu dit comment me débrouiller dans la forêt. Elle m'avait dit que je pouvais m'abriter dans une grotte, mais je ne savais pas que je pouvais me perdre dedans.

Hardy se méfiait un peu de ce petit garçon seul dans les bois. Il l'attacha pendant qu'il partait chasser et pour la nuit. Jon perçut par télépathie qu'il n'avait pas de mauvaise intention et il se laissa faire. Au matin, un peu culpabilisé de l'avoir traité si mal, Hardy détacha Jon.

— Je suis télépathe, lui dit Jon à brule-pourpoint. Pourquoi tu veux avoir des télépathes ?

Hardy se demanda comment l'expliquer à un enfant perdu.

— As-tu entendu parler de l'invasion des extraterrestres en Europe, lui demanda-t-il.

— Oui, mentit Jon, parce qu'il percevait des images de violence dans l'esprit de Hardy et qu'il ne voulait pas qu'il évoque cela.

— Donc, je voudrais plus de télépathes pour combattre les extraterrestres, mais je ne sais pas si je peux te prendre parce que tu es trop petit.

Jon se demanda ce qu'il devait dire. S'il en disait trop, l'homme risquait de penser qu'il faisait partie de la mafia. Les pensées de l'homme tournaient sur le mode frustré.

— C'est un télépathe. C'est un énorme risque de l'emmener, pensait Hardy.

— J'ai déjà vu des morts, dit l'enfant. Peut-être que si je suis assez loin des combats, je peux t'aider par télépathie.

— J'ai un autre problème avec quelqu'un d'aussi jeune que toi, répliqua Hardy, c'est que mon chemin passe par des endroits très froids pour rentrer chez moi.

— Je suis très résistant au froid, plaida Jon.

— C'est très difficile de trouver des télépathes, alors je vais te prendre à l'essai, décida Hardy.

Hardy et Jon cheminaient ensemble sur la grande plaine glacée. Hardy s'était rendu chez des amis du clan Tcham qui vivaient dans la forêt, dans un village caché des autorités.

Des membres du clan Tcham avaient reconnu Jon comme l'enfant accusé de meurtres dont parlait leur radio, mais ils avaient admis après ses explications que la police se méprenait souvent avec les télépathes. Certains des membres du clan étaient eux-mêmes télépathes, certains avaient été injustement accusés de crimes et s'étaient réfugiés dans la tribu du peuple natif Tcham.

Quoi qu'il en soit, ils ne voulaient pas garder cet enfant hautement suspect alors qu'ils peinaient à assurer les besoins alimentaires du village. Ils persuadèrent donc Hardy de l'emmener avec lui malgré les risques d'une randonnée dans le froid polaire.

Hardy avait accepté contre la promesse d'une obéissance absolue de Jon. Celui-ci s'y était engagé tant il espérait retrouver un nouveau foyer dans le pays de Hardy.

Ainsi, ils se retrouvaient à marcher ensemble. Hardy était réjoui par le paysage de toundra qui s'étalait devant lui et par la conclusion inattendue de son voyage en Amériga.

— Tu vois, dit-il à Jon, je croyais avoir fait tout ce long chemin en pure perte, mais j'ai finalement eu un petit quelque chose. Je t'ai eu toi !

Cela fit sourire Jon.

— Je suis content d'être quelqu'un de valeur pour une fois et j'ai trouvé des gens qui s'occuperont de moi, alors je suis heureux !

Remerciements

L'écriture d'un livre nécessite l'aide et la bienveillance de tout un ensemble de personnes. Tout d'abord, je remercie mon mari pour sa relecture éclairée. Et je remercie mes enfants, mes parents, mes amis et mes collègues pour leur bienveillance à l'égard de mon projet de roman.

Table des matières